Les Playboys de San Francisco

Tome 1 : Parce que c'est toi

Constance Ely

LES PLAYBOYS DE SAN FRANCISCO

Tome 1 :

PARCE QUE C'EST TOI

Constance Ely

www.soromance.com

I

Gant Cooper était assis à la terrasse d'un de ses restaurants. Il était accompagné de ses deux fidèles amis : Julian, le silencieux, et Adam, le joyeux luron de leur bande. Ils se connaissaient depuis l'école primaire et ne s'étaient jamais perdus de vue, vivant tous les trois à San Francisco.

Ils se trouvaient dans l'un des établissements qui faisaient partie de sa chaîne des « Steak House Farmer ». Il avait invité ses amis pour tester ce restaurant incognito, il portait un chapeau de cow-boy et des lunettes de soleil, ce qui dissimulait son visage en grande partie. Il était connu dans les médias, mais il avait surtout peur qu'un de ses employés ne le reconnaisse avant qu'il ne puisse constater ce que son restaurant valait vraiment.

Sa chaîne de restaurants était connue dans tout le pays, il avait plusieurs établissements partout aux États-Unis, et il rêvait de se développer dans le monde. Mais ses actionnaires ne le suivaient pas encore, trop frileux.

Comme il était actionnaire majoritaire, il aurait pu faire ce qu'il voulait, mais il ne leur imposerait pas une décision aussi cruciale. Il devait leur apporter un capital pour les convaincre, ce qu'il obtiendrait bientôt.

Il venait souvent dans ses restaurants de façon anonyme pour voir si tout se passait comme prévu.

Pour celui-ci, les dernières enquêtes auprès des clients étaient parfaites : le service, la nourriture, l'accueil. C'était le restaurant qui rapportait le plus et celui que préféraient les clients.

Il n'était jamais venu depuis son ouverture, il y a deux ans. Il l'avait manquée pour un entretien important avec un chef à l'autre bout du pays, et avec tout le travail qu'il avait, il n'avait pas eu le temps d'y passer.

Ce restaurant se situait à Sausalito, de l'autre côté du Golden Gate, près de San Francisco. Il ne donnait pas directement sur le front de mer, mais les clients sentaient la brise marine arriver jusqu'à eux et entendaient le cri des mouettes qui passaient au-dessus de leur tête.

Sausalito était une ville qui attirait les habitants de San Francisco et les touristes venant à vélo. Ce lieu était connu pour ses *Houseboats*, petites maisons flottantes sur l'eau, dignes des derniers catalogues d'architecture.

Le restaurant était plein de vacanciers, mais aussi d'habitués qu'il reconnaissait tout de suite à leur look et à leur façon de regarder les promeneurs.

— Hum, ce restaurant est superbe ! dit Adam en soupirant d'aise.

— Oui, je suis d'accord, répondit-il.

— Alors pourquoi fronces-tu les sourcils ? demanda soudain Julian.

Il n'avait jamais rien pu cacher à ses amis, ils le connaissaient trop bien.

— Je ne suis pas sûr, mais je ne reconnais pas le plat que la table voisine est en train de déguster.

— Et où est le problème ? Tu as peut-être oublié ?

— Je connais mes cartes par cœur, je passe des heures avec mes chefs pour les produire. Chaque restaurant a l'obligation de suivre le menu que nous leur envoyons tous les trois mois.

Grant était très strict sur ce point, quand il avait lancé sa chaîne ; ses deux premiers restaurants étaient entrés en compétition en élaborant chacun des menus différents, ce qui avait été un fiasco. Cela avait entraîné la fermeture d'un des établissements, et il l'avait vécu comme un échec. Depuis, il obligeait chaque restaurant à suivre sa carte, c'était stipulé dans les contrats des managers, et cela pouvait même mener à un licenciement.

Quand il releva la tête, il ne vit soudain plus qu'elle.

La jeune femme avançait de table en table, saluant certains clients, prenant même des commandes. Elle était grande, sa silhouette élancée était magnifique. Ses cheveux roux, coupés au carré, flottaient dans la brise. Mais surtout, son visage rayonnait, ses yeux verts pétillaient à chaque fois qu'elle parlait à quelqu'un.

Qui était-elle ?

Elle portait l'uniforme de l'établissement, un peu arrangé à sa sauce, remarqua-t-il en grimaçant. Pourquoi avait-il l'impression de l'avoir déjà rencontrée ?

Malgré ses lunettes de soleil, elle avait dû sentir ses yeux posés sur elle, car il la vit lui jeter plusieurs fois des regards en biais. Avait-elle même rougi, quand un sourire s'était dessiné sur ses lèvres ?

— Eh bien, eh bien ! On dirait que nous avons perdu notre ami dans la contemplation de cette jeune femme, dit Adam avec humour.

Julian se retourna pour voir de qui il parlait, et Grant essaya de détourner son regard d'elle, mais son instinct de chasseur s'était déjà mis en marche.

Julian reporta son attention sur lui et explosa de rire. Cela ne lui ressemblait tellement pas que Grant et Adam en restèrent bouche bée.

— Vous ne la reconnaissez pas ? Elle a beaucoup changé, elle est devenue une femme, je vous l'accorde, mais quand même, ajouta Julian en la détaillant avec insistance.

Grant se crispa, comment son ami osait-il la regarder ainsi ? Mais n'était-ce pas exactement ce qu'il était en train de faire ? Et de qui parlait-il ?

Il enleva ses lunettes de soleil pour mieux la voir quand elle arriva vers eux, tenant des menus dans ses bras comme un bouclier. Oh, elle pouvait bien essayer de se protéger, il avait très envie de savoir qui elle était, et une soudaine envie de s'approprier cette jeune femme l'envahit.

*

Lucile Ridgewood avançait vers la table où se trouvaient les trois hommes. Celui avec le chapeau n'avait cessé de l'observer, elle avait senti son regard la suivre partout, mais pour la première fois, elle se sentait flattée et non ennuyée. Il se dégageait quelque chose de puissant et d'attirant chez cet homme, qui la submergeait totalement. Pourtant elle ne voyait pas vraiment son visage, caché derrière ses lunettes de soleil et ce chapeau de cow-boy.

Au moment où il retira ses lunettes, son souffle se bloqua dans sa poitrine. Bien sûr qu'elle ne l'avait pas reconnu, mais son cœur, lui, savait très bien qui il était. Elle était surprise mais heureuse de le revoir. Pourtant, elle voyait qu'il cherchait encore qui elle était, elle ne s'en offusqua pas, ils ne s'étaient pas vus depuis onze ans. Elle était encore une jeune fille de quinze ans la dernière fois que leur chemin s'était séparé.

Arrivée à leur table, elle reconnut également les hommes qui l'accompagnaient, Julian et Adam, déjà ses amis à l'époque.

— Salut, les garçons, réussit-elle à dire malgré son anxiété.

— Bonjour, Lucile, dit Julian de sa voix chaude et tranquille.

— Lucile Ridgewood ? demanda Adam en se levant.

— Eh oui, c'est moi ! dit-elle en observant Grant du coin de l'œil.

Il avait l'air sonné. À quoi s'attendait-il ? Bien sûr qu'elle avait changé en onze ans ! Lui aussi d'ailleurs, il était encore plus beau que quand elle avait dû partir.

Elle avait toujours été amoureuse de lui. Elles étaient arrivées, sa mère et elle, quand elle avait tout juste cinq ans. Sa mère était la gouvernante du manoir des Cooper.

Elle avait grandi dans cet endroit paradisiaque, suivant Grant partout, lui qui n'avait que deux ans de plus qu'elle. Il la considérait comme sa petite sœur, ce qui ne l'avait pas dérangée jusqu'à l'adolescence, où ses sentiments à elle s'étaient transformés. Mais il ne l'avait jamais vue autrement, peut-être juste le jour de son départ, quand elle était arrivée en larmes dans sa chambre pour lui dire au revoir…

Elle revint à la réalité quand elle le vit soudain se lever en enlevant son chapeau. Il était tellement plus grand que dans ses souvenirs. Ses épaules carrées, moulées dans son tee-shirt noir, son torse musclé qu'elle devinait sous le vêtement, ses cuisses puissantes serrées dans son jean. Mais c'est surtout son visage qui attira son attention, ses yeux bleus n'avaient pas changé, toujours aussi malicieux.

Ce lent sourire qui étirait ses lèvres lui donna des frissons qui parcoururent tout son corps. Son cœur se mit à battre plus vite, elle essaya tout de même de calmer ses battements effrénés.

— Lucile ? Mais que fais-tu là ? Depuis combien de temps nous ne nous sommes pas vus ?

Il la prit dans ses bras, maladroitement, mais cette brève étreinte ruina ses efforts pour calmer son pauvre cœur qui semblait être parti au galop à nouveau.

— Si tu étudiais tes dossiers, tu saurais que je suis manager de ce restaurant depuis son ouverture. Et la dernière fois que nous nous sommes vus, c'était il y a onze ans.

— Mais pourquoi ne m'as-tu jamais appelé pour me le dire ? demanda-t-il en se rasseyant.

— Je n'ai pas vraiment eu le temps, et… voici vos menus. Je dois continuer, il y a beaucoup de monde ce midi, on se voit plus tard.

À vrai dire, elle ne l'avait pas appelé parce qu'elle n'était pas sûre qu'il serait très content de la voir. Mais après cette rencontre, elle était sûre qu'il ne savait rien.

Elle repartit dans les cuisines en sentant son regard la suivre. Elle allait devoir réajuster le service, pas question de se retrouver face à lui à nouveau. Elle n'était pas idiote, elle savait qu'elle le reverrait, mais cette fois-ci, elle serait préparée à cette rencontre.

« Oh mon Dieu, les menus ! » songea-t-elle soudain. Elle entra rapidement dans les cuisines et trouva son chef et amie, Tess.

— Tu peux te libérer deux minutes, nous avons un problème !

Son amie la regarda en souriant.

— En plein rush ?

— Oh oui !

Elles partirent toutes les deux dans son bureau.

— Quoi ? Un client n'est pas satisfait ? Ce serait une première !

— Grant Cooper est là. Sur la terrasse, avec notre menu entre les mains.

— Le grand patron en personne ? Il est comment ?

Lucile rougit en pensant à cet homme qui lui faisait toujours autant d'effet. En fait, le seul homme à lui faire cet effet-là.

— À ce point-là ? demanda son amie. Qu'est-ce qui te fait dire que nous avons un problème ?

— Nous avons changé quelques plats sur la carte pour nous adapter, et c'est formellement interdit par le règlement de la chaîne.

— Oui, mais comme tu le dis si bien, c'est pour nous adapter à notre clientèle. Personne ne s'est jamais plaint, à ce que je sache. Calme-toi, prends une pause, tu as l'air toute retournée. Ce sont les menus ou notre délicieux patron qui te mettent dans cet état-là ?

Comme Lucile ne répondit pas, Tess ajouta en se rasseyant :

— Ah, c'est bien plus grave que je ne le pensais ! Je ne t'ai jamais vue comme cela. Que se passe-t-il, Lucile ?

— Disons que pour faire court, je l'ai connu quand j'étais petite et que je suis un peu retournée par cette rencontre. Mais allez, au travail ! De toute façon, il est trop tard pour faire quoi que ce soit, c'est moi-même qui lui ai mis les menus dans les mains. Il n'y a plus qu'à attendre.

— Tout va bien se passer, mais dès ce soir, je veux que tu me racontes tout sur vos jeunes années ensemble.

Tess repartit, Lucile se leva face à son miroir et essaya de dompter ses cheveux rebelles. Elle avait un travail à faire et peut-être étaient-ce ses derniers moments dans ce restaurant. Elle ne pouvait l'imaginer, tant elle aimait son travail et cet endroit. Elle l'avait mis en place avec Tess, l'avait fait prospérer ; c'était leur bébé.

*

Grant prenait son café tranquillement au soleil, en attendant que le service se termine. Le restaurant marchait toute la journée, mais le repas du midi étant passé, il devrait y avoir moins de monde.

Ses amis étaient repartis, riant encore de la tête de Grant quand il avait reconnu Lucile.

Lucile. Il n'avait pas pensé à elle depuis très longtemps. Il avait vu arriver cette petite fille dans son monde de petit garçon solitaire avec stupeur au départ. Elle avait deux ans de moins que lui, mais à sept ans, il avait décidé de prendre soin d'elle, elle semblait si fragile. Ils avaient grandi ensemble, Lucile le suivant toujours partout dans ses aventures.

Ses parents avaient fait en sorte qu'elle puisse accéder à l'école hyper huppée dans laquelle il était. Il avait toujours pu garder un œil sur elle, ses amis la connaissaient, pour tout le monde elle était sa petite sœur. Il n'en avait jamais été autrement jusqu'au jour de son départ. Personne n'avait compris pourquoi elles partaient, sa mère et elle. Mais quand Lucile était arrivée dans sa chambre en larmes, il avait d'abord voulu la réconforter comme il le faisait quand ils étaient jeunes, comme l'aurait fait un grand frère. Sauf qu'ils n'étaient plus tout à fait des enfants et qu'ils n'étaient pas non plus frère et sœur.

Il l'avait prise dans ses bras pour la consoler et avait soudain ressenti des émotions qu'il ne connaissait pas à l'époque. Du désir. Quand elle avait levé son visage plein de larmes vers lui, il n'avait pu résister à l'envie pressante de goûter ses lèvres.

Il frissonna encore en se rappelant les sensations qui étaient nées de ce baiser. Cette chaleur qui avait envahi tout son corps, mais surtout l'impossibilité d'arrêter ce baiser.

Au bout d'un moment, il avait réussi à reprendre le dessus et l'avait repoussé gentiment. Il se souvenait encore de son sourire, si tendre.

Il avait été si malheureux après son départ, et l'ambiance à la maison s'était également détériorée. Ses parents n'avaient jamais été d'un naturel très bavard, mais après le départ de Lucile et sa mère, un gouffre s'était créé dans la famille.

Revenu au moment présent, il se souvint du problème actuel. Lucile avait fait des changements sur sa carte, et ce n'était pas autorisé. Il fallait qu'ils en discutent en tête à tête dans son bureau.

Justement, elle venait vers lui. Il put encore une fois admirer le balancement de ses hanches, ses cheveux qui volaient par moments dans le vent et son sourire. Elle avait vraiment changé, elle était devenue une jeune femme séduisante, bien trop dangereuse pour sa tranquillité d'esprit.

— Tu veux que je te présente l'équipe ? demanda-t-elle de sa voix douce, en ramassant la tasse de son café.

Il se leva et remarqua qu'elle était un peu plus petite que lui, c'est-à-dire qu'elle était bien plus grande que les femmes avec qui il avait l'habitude de sortir. Son parfum chatouilla ses sens, un parfum doux, chaud et sensuel. Il fallait qu'il arrive à se calmer, il était maintenant son patron, et plus ce jeune homme découvrant la passion.

— Je te suis.

Malheureusement, il découvrit trop tard qu'il aurait dû passer devant elle ; la jupe d'uniforme qu'il avait lui-même choisie dévoilait ses longues jambes bronzées. Elle avait ajouté un grand châle de couleur vive autour de sa taille comme ceinture et ouvert quelques boutons de son chemisier. Il n'y avait rien de choquant dans sa tenue, mais il essayait de se raccrocher à son règlement pour ne pas l'admirer plus encore.

Ils entrèrent dans les cuisines, où le staff au complet l'attendait.

— Bonjour à tous ! Je suis Grant Cooper, votre patron. Je suis désolé d'être venu incognito, mais je voulais vous tester. Les retours clients de votre restaurant sont les meilleurs de la chaîne pour tous les postes. Et d'après ce que j'ai pu observer à midi, c'est justifié. Bravo !

Lucile sourit fièrement et lui présenta les serveurs, les aides aux cuisines et la chef, Tess. Il s'aperçut du regard complice qu'elles échangeaient, il était évident qu'elles étaient amies.

— Tess, tu nous accompagnes dans mon bureau, s'il te plaît ? lui demanda Lucile.

Ils montèrent quelques marches et arrivèrent dans le bureau de Lucile, très éclairé par la grande fenêtre qui donnait sur l'océan. Lucile s'installa sur son siège pendant que Tess s'appuyait contre le bureau en croisant les bras.

Il se sentait soudain en position de faiblesse sur sa petite chaise. Comme si c'était lui qui allait se faire gronder.

— Tess, je tiens à vous féliciter, le plat de homard que j'ai mangé était succulent.

— Merci beaucoup, Monsieur.

Il attendit un instant avant d'ajouter.

— Seulement, je ne me souviens pas qu'il soit au menu de notre chaîne.

Elles échangèrent un regard nerveux.

— Oui, c'est moi qui l'ai ajouté, répondit cette dernière.

— Non, Tess, dit soudain Lucile. Je ne te laisserai pas faire ça ! C'est moi la seule et unique responsable. Les clients me demandaient souvent du homard, du crabe, du poisson. Nous sommes certes un « Steak House », mais nous devons également plaire à toute notre clientèle, et pour un restaurant en bord de mer, cela manquait. Nous avons conservé tous les plats imposés par la chaîne, mais j'en ai ajouté quelques-uns, effectivement.

Elle l'affronta du regard un moment. Elle avait de l'aplomb, il ne pouvait pas lui enlever cela. Normalement, les gens ne le contredisaient jamais. Il avait en face de lui une adversaire à sa taille, et cela l'excitait un peu plus.

— Qui a fait les recettes ? Est-ce vous Tess ?

— Non, c'est moi, répondit Lucile sans le quitter du regard.

Il sourit lentement et la vit rougir. Il lui faisait de l'effet, il en était sûr. Il savait reconnaître quand il avait gagné avec les femmes.

— Tess, pourriez-vous nous laisser seuls, s'il vous plaît ? demanda-t-il en dévisageant toujours Lucile.

— Mais…

— Tu peux y aller, Tess, je vais gérer tout ça.

Une fois que la Chef fut partie, il se leva de sa petite chaise et marcha jusqu'à la fenêtre. Il admira un instant l'océan et son environnement. Il se retourna lentement et s'appuya sur le mur les mains dans les poches.

— Et que vas-tu gérer, s'il te plaît ? demanda-t-il de sa voix profonde.

Il la vit frissonner. Oh oui ! Elle n'était pas indifférente à son charme. Peut-être qu'une brève aventure avec elle pourrait la ramener dans le droit chemin ? Il fut soudain très exalté à cette idée.

— Grant, je t'arrête tout de suite, pas la peine de me faire ton numéro de charme, je te rappelle que nous avons grandi ensemble, et même si cela fait très longtemps que l'on s'est vu, je m'en souviens encore.

Il se rapprocha d'elle et s'appuya sur le bureau tout à côté d'elle. Elle devait lever la tête pour le regarder, exactement ce qu'il souhaitait, être en position de force.

— Tu serais donc immunisée à mon numéro de charme ? dit-il en touchant sa joue de son doigt qu'il laissa descendre lentement le long de sa gorge.

Ses joues s'empourprèrent, et elle se leva pour s'éloigner de lui.

« Oh non ! Mademoiselle Ridgewood, vous n'êtes pas immunisée contre moi », pensa-t-il.

— Je te propose un marché, nous te faisons goûter nos plats demain à ton bureau, et si tu n'aimes pas, je les enlève de la carte. Mais si tu les aimes, tu nous les laisses !

— Et si tu respectais simplement le règlement que j'ai établi ? dit-il en soupirant.

Elle croisa les bras contre sa poitrine et lui accorda un merveilleux sourire.

— Toi, par contre, tu as oublié à qui tu parles ? répondit-elle dans un éclat de rire. Je te rappelle que je ne t'obéissais jamais, quand nous étions plus jeunes.

Une série d'images de tous les endroits où il aurait adoré qu'elle lui obéisse défila dans sa tête. Et elle n'était habillée dans aucun.

Il s'approcha d'elle, assez près pour qu'elle essaie de reculer, mais le mur la bloquait.

— Demain, 15 h ! Et je n'ai rien oublié de notre dernière rencontre dans ma chambre…, murmura-t-il.

Le rouge lui vint aux joues, il avait marqué un point. Mais il devait sortir le plus vite possible avant de se jeter sur cette bouche insolente.

*

— Allez, raconte-moi tout, maintenant, dit Tess en s'installant dans le fauteuil de salon du jardin de Lucile.

Lucile louait une petite maison à Harbor Point, non loin de Sausalito. Le loyer était un peu cher, mais son salaire de manager le lui permettait. Elle adorait cette maison, mais surtout son jardin, dans lequel elle faisait pousser un mini potager en hauteur. On sentait l'air de la mer jusque chez elle, c'était la liberté.

Après être partie du manoir, elle avait vécu dans de minuscules appartements avant de finir en pension, à la mort de sa mère.

Elle apporta la bouteille de chardonnay et les deux verres à vin. Elle servit doucement son amie et lui tendit son verre.

— Il n'y a pas grand-chose à dire, en fait.

— Arrête ! J'ai vu l'effet qu'il te faisait, et quand il est sorti de ton bureau, tu avais un sourire que je t'avais rarement vu. Et cette tension sexuelle entre vous était… ouah ! Avez-vous des petits secrets croustillants ? Eu une aventure torride ?

Lucile éclata de rire, son amie avait une imagination débordante.

— Rien de tout cela ! Nous avons grandi ensemble, ma mère s'occupait du manoir de ses parents. J'allais dans la même école que lui, il était un peu plus âgé que moi et je le suivais partout comme un grand frère.

— Et…

— Et rien du tout ! Il m'a toujours vue comme sa petite sœur.

— Alors que toi, tu étais amoureuse de lui…

— Oui, un peu, un amour de petite fille…

— Ah, ah, ah ! Et aujourd'hui, cette petite fille se réveille à nouveau !

Son amie voyait un peu trop bien en elle. C'est vrai que son cœur avait battu plus vite en le revoyant, mais ce n'était sûrement dû qu'au souvenir de leur enfance.

— Ne le prends pas mal, Lucile ! Mais je ne t'ai jamais vue sortir avec un homme. Tu es toujours sur la défensive dès qu'un mâle essaie de t'approcher.

— Je suis sortie avec ce professeur de sport, il y a…

— Oh non ! Ne me parle pas de ce type. Il était gentil, mais il n'y avait rien qui passait entre vous. Cet homme était juste insipide.

Tess avait raison. John, ce professeur de sport, l'avait invitée à sortir au restaurant. Elle avait accepté parce qu'il était un habitué et qu'il était toujours très gentil avec elle et les serveurs. Mais Tess avait raison, ce rendez-vous avait été un échec total. Il ne s'était rien passé de plus, pas de frissons, pas de rires. Ils avaient mangé dans un silence tranquille, sans plus.

La seule chose positive qui en était sortie, c'est qu'elle savait maintenant qu'elle attendait quelque chose de mieux, ce petit plus qui l'aurait fait rêver, qui l'aurait enflammée, un homme capable de la chambouler totalement.

Ce petit plus qu'elle avait ressenti lors de sa confrontation avec Grant. C'était un séducteur, elle avait lu assez de choses dans les journaux sur ses différentes conquêtes. Comme il faisait partie d'une des plus vieilles familles de San Francisco, et qu'il était riche et beau, les médias l'adoraient.

Il avait joué avec elle, et même si c'était pour obtenir d'elle qu'elle respecte le règlement de la chaîne, cet échange l'avait galvanisée. Elle s'était sentie si vivante, si excitée. Elle rougit en pensant à son doigt qui avait caressé sa joue et sa gorge, et qui y avait laissé une traînée de feu.

— Tu penses à lui, là ?

Tess l'observait en souriant.

— Bon, j'avoue que cette rencontre m'a un peu troublée.

— Quelle femme résisterait à cet apollon ? Lucile, tu as le droit de ressentir des choses pour lui tout de même.

— En fait, il s'est peut-être passé un petit truc quand nous étions jeunes.

Mais que lui prenait-il de vouloir raconter ce souvenir à Tess ? Cette dernière se redressa vivement de son fauteuil.

— J'en étais sûre ! Il y a quelque chose de si sensuel qui passe entre vous.

Lucile s'étouffa avec son verre de vin.

— Quoi ?

— Ridgewood, raconte-moi tout de suite !

— Ok ! Quand ma mère… a décidé de quitter le manoir, je suis allée le voir pour lui dire au revoir. J'étais un peu désespérée de le quitter, lui et cet endroit dans lequel j'avais grandi.

— Et…, l'encouragea son amie.

— Il m'a prise dans ses bras pour me réconforter, et je ne sais pas comment, mais nous avons fini par nous embrasser.

— Et c'était…

« Parfait », pensa Lucile. Comment décrire ce baiser qui l'avait hantée toute sa vie ? Les sensations qu'elle avait ressenties, les frissons qui avaient parcouru sa peau, la passion par laquelle elle s'était laissé submerger. C'était la première fois qu'un garçon l'embrassait, elle avait toujours attendu que Grant la voit autrement.

Elle devait partir, mais elle avait gardé ce souvenir intact dans sa mémoire, qui l'avait réconfortée dans les moments difficiles qui avaient suivi.

Et Grant s'en souvenait aussi ! Avait-il pu être aussi bouleversé qu'elle par ce baiser ?

— Lucile ? C'était si bien que cela ?

La voix de son amie la tira de sa rêverie.

— Oui c'était très bien, répondit-elle en rougissant.

— J'ai hâte de voir comment cela va se passer demain, dit son amie en rigolant.

Lucile ne rigolait pas vraiment. Elle était sûre que Grant essaierait encore de la défier, de la séduire pour qu'elle cède. Il faudrait qu'elle soit forte, qu'elle arrive à contrôler ses hormones devant cet homme, si dangereux pour elle. Malgré tout cela, elle avait hâte également de le revoir, de sentir sa présence si enivrante à ses côtés.

II

Tess et Lucile montèrent dans l'ascenseur, après s'être présentées à l'accueil et qu'une secrétaire leur ait confirmé leur rendez-vous.

L'immeuble était immense, situé dans le centre de San Francisco. Lucile n'était venue qu'une seule fois, pour signer son contrat, et déjà à l'époque, elle avait été impressionnée par le chemin qu'avait parcouru Grant.

Bien sûr, sa famille avait de l'argent, mais jeune il avait toujours travaillé l'été pour gagner son argent à lui. Elle était sûre que ses parents n'avaient rien à voir avec sa réussite. C'était un principe de Grant, ne pas dépendre de l'argent de ses parents et de sa famille. Elle était tellement fière de lui, cela rajoutait un peu plus à son charme et à l'admiration qu'elle ressentait pour lui.

— Respire Lucile ! dit Tess en rigolant. J'ai hâte d'assister à cette rencontre.

— Tess ! Tout va bien. Il n'y a rien entre nous.

Pourtant son amie avait raison, elle était tellement nerveuse. Le revoir lui procurait toutes sortes de sentiments : excitation, anxiété... Elle avait l'impression d'avoir des papillons dans le ventre. Elle n'était même pas sûre de pouvoir aligner deux mots. Il fallait qu'elle se reprenne, après tout elle était là pour son restaurant et pour pouvoir continuer à mettre ses plats à la carte.

L'assistante de Grant les fit entrer dans son bureau. Cette pièce était très lumineuse, avec ses grandes baies vitrées qui donnaient sur les buildings de la ville. Son bureau trônait au centre de la pièce et Grant était au téléphone. Il leur fit un signe de tête, mais son regard s'attarda sur elle plus longtemps que nécessaire, la déshabillant du regard.

Il était magnifique dans son costume bleu taillé sur mesure, sa chemise blanche faisait ressortir son bronzage. Il avait relevé les manches de sa chemise sur ses bras musclés.

Il faisait très chaud ici, non ?

— Ose me répéter qu'il n'y a rien entre vous ! murmura Tess à son oreille.

Enfin, Grant raccrocha et se leva pour venir leur serrer la main.

— Bonjour, Mesdames, excusez-moi pour ce coup de téléphone. Je suis à vous !

Lucile crut voir un sous-entendu dans ces derniers mots tant il la fixait.

— Où pouvons-nous nous installer pour vous préparer nos plats ? demanda Tess, qui vint à son secours devant son silence.

La veille, il lui avait demandé les ingrédients dont elles auraient besoin pour leurs plats. Lucile avait juste amené toutes les épices qu'elles préparaient elles-mêmes.

— Tess, vous pouvez descendre au troisième étage, où se situent nos cuisines, si cela ne vous dérange pas. Mon Chef principal, Etan, vous attend. Nous vous rejoignons tout de suite.

— Bien sûr, répondit son amie en lui lançant un regard explicite.

Pourquoi voulait-il qu'ils restent seuls ? Et pourquoi tout son corps réagissait déjà à sa présence ?

Une fois la porte fermée, Grant s'approcha d'elle.

— Alors, passons aux choses sérieuses !

Mais de quoi parlait-il ? Elle le vit desserrer sa cravate et l'enlever en la faisant glisser doucement le long de son col sans la quitter des yeux. Elle eut du mal à déglutir et toussa un peu pour se donner une contenance. Il commençait déjà à déboutonner les premiers boutons de sa chemise et des frissons d'excitation parcoururent son corps. Il se figea et attendit, tout près d'elle, trop près d'elle.

— Grant, que fais-tu ? réussit-elle à demander d'une voix rauque.

— En fait, j'attends que tu te retournes pour que je puisse me changer. Je déteste cuisiner en costume. J'aime être à l'aise.

Lucile rougit tout à coup. Mais bien sûr ! Elle avait cru qu'il essayait de la séduire, alors qu'ils étaient sur son lieu de travail, et que ce n'était même pas sûr qu'il ressente la même chose qu'elle. Elle se retourna, sans plus savoir où se mettre.

— Pourquoi voulais-tu que je reste ?

Elle entendit le zip de la braguette de son pantalon et le bruit du tissu qui tombait à terre. C'était un délicieux supplice, mais elle avait beaucoup de mal à ne pas se retourner. Que lui prenait-il ? Elle n'avait jamais été portée sur la chose et n'avait jamais ressenti tout cela pour personne.

— Tu peux te retourner. Je voulais que tu m'expliques où tu avais appris à cuisiner. Si c'est toi qui as créé le plat que j'ai mangé hier, je suis impressionné…

Lucile n'arrivait malheureusement pas à l'écouter, il portait un jean, mais était encore torse nu, cherchant son tee-shirt dans un sac. Ses abdominaux parfaitement dessinés, les quelques poils sur le haut de sa poitrine, il était la virilité incarnée. Il se redressa soudain.

— Alors ? demanda-t-il avec un sourire en coin.

Faisait-il toute cette mascarade exprès ? Était-ce une tentative de séduction ? Qu'attendait-il qu'elle lui réponde ? Qu'il était beau à couper le souffle ? Qu'elle rêvait de se jeter dans ses bras ?

— Où as-tu appris la cuisine ? répéta-t-il.

Elle eut la sensation de prendre une bonne douche froide. Mais que faisait-elle ? Il lui parlait normalement, et elle imaginait des scènes torrides.

— En fait, c'est toi qui m'as appris ! réussit-elle enfin à répondre.

Elle admira le jeu de ses muscles pendant qu'il passait le tee-shirt au-dessus de sa tête. Il la regarda surpris.

— Tu te souviens de cela ?

Oh ! Elle se souvenait de beaucoup de choses avec lui. Mais quand il se concentrait, petit garçon, pour réaliser une recette, elle adorait le regarder et apprendre de lui. Toujours prête pour qu'il soit fier d'elle.

— Eh oui ! Tu m'as donné envie d'en faire mon travail. J'ai pris des cours avec un Chef français à Los Angeles, après le lycée. C'était un homme très bon, pas très reconnu pour son travail, mais il avait un don, comme toi.

Repenser à Luc Dupuis amena un doux sourire à ses lèvres. Il avait l'âge d'être son grand-père, mais ils avaient tout de suite sympathisé, et il l'avait pris sous son aile.

— Tu as couché avec lui ? demanda soudain Grant, les sourcils froncés.

Elle aurait dû s'offusquer de cette question, mais quand elle repensa au vieux monsieur qu'était Luc, elle ne put se retenir d'éclater de rire.

— Luc avait l'âge avancé de 80 ans. Il est vrai qu'à Los Angeles, cela se fait de s'éprendre d'un vieux monsieur riche et seul. Mais il aimait toujours sa femme, disparue dix ans plus tôt, et c'était plus une relation amicale dont nous avions besoin tous les deux.

— Je suis désolé. Je n'aurais pas dû te demander cela. C'est ta vie, je n'ai pas à te juger, dit-il sans la regarder.

— Surtout que d'après ce que je lis dans les médias, ta vie est très mouvementée de ce côté-là, ajouta-t-elle dans un sourire malicieux.

— Oui, nous sommes jeunes. J'aime m'amuser et sortir avec des femmes. Comme toi, non ?

— Euh oui, bien sûr !

Pas question de lui avouer le peu d'hommes avec qui elle était sortie. Elle avait sa fierté, tout de même.

— Et si nous allions rejoindre les autres, demanda-t-elle pour sortir de son magnétisme.

— C'est parti, ma belle !

Il lui prit la main et la conduisit jusqu'aux ascenseurs, sans que son assistante ne lève les yeux de son ordinateur. Elle devait avoir l'habitude des jeunes femmes autour de son patron. Cette pensée affaiblit un peu sa bonne humeur.

Il ne fallait pas qu'elle voie dans chaque geste un signe qu'il se passait quelque chose entre eux. Grant venait de le lui avouer, il aimait les femmes, et les charmer était comme une seconde nature chez lui. Elle ne faisait pas exception à la règle.

« Assez pensé à tout cela », elle était là pour lui prouver que ses plats méritaient de rester sur sa carte, non pour flirter avec lui.

*

Grant admirait le travail que Lucile et Tess avaient accompli devant lui et son Chef, Etan. Il avait même surpris ce dernier avec un air émerveillé quand ils avaient commencé à goûter leurs plats. Il était plus qu'épaté par la saveur qu'elles avaient réussi à apporter. Il était devant un grand dilemme ; accepter qu'elles gardent ses recettes sur la carte ne donnerait-il pas des idées à d'autres ? En même temps, il fallait toujours évoluer, innover.

Et que dire de Lucile ? Il avait passé son temps à l'observer pendant ces deux heures passées en cuisine. Elle rayonnait et avait vraiment l'air de savoir ce qu'elle faisait.

Cette jeune femme l'intriguait, il ne savait pas vraiment comment se comporter avec elle. Il avait envie d'elle, pas la peine de se voiler la face, mais leur passé était une sorte de barrière qui la protégeait. Il n'avait pas envie d'être rude avec elle, pas envie de jouer avec Lucile. Quoique certains jeux érotiques ne cessaient d'apparaître dans son esprit.

Travailler à ses côtés avait mis ses nerfs à rude épreuve, la voir concentrée, souriante, goûter chaque recette avec cette bouche qui l'attirait tant.

Il avait bien vu la façon dont elle l'avait regardé pendant qu'il lui faisait cette espèce de strip-tease. Il avait voulu la provoquer, voir comment elle réagissait. Elle avait envie de lui, il en était sûr. Mais il se demandait toujours s'il serait bon de céder à cette attirance, il en avait tellement envie, lui aussi.

Pourtant au fond de lui, il savait qu'elle pourrait bien semer le bazar dans son monde si prévisible. Avait-il besoin de cela ?

Son ancien instinct de grand frère reprenait le dessus, et il ne voulait pas la faire souffrir, il n'avait rien à lui offrir à part une histoire courte, sûrement intense, mais vouée à l'échec comme toutes les aventures qu'il avait.

— Bravo, les filles, c'était délicieux, dit Etan. Je me suis régalé, et il est difficile de me contenter d'habitude.

Lucile et Tess souriaient tranquillement, acceptant avec plaisir ces éloges. Tout le monde se tourna vers lui.

— Je suis de l'avis d'Etan, c'était très bon. Je vous ferai part de ma décision dans quelques jours.

Il vit bien que Lucile était déçue, mais il devait peser le pour et le contre avant de prendre sa décision. Même ses superbes jambes, laissées nues grâce à cette jupe, et qui le troublaient tant, ne le déconcentreraient pas de son travail.

— Tess, voudriez-vous rester encore un peu que je vous demande quelques explications ? demanda Etan.

Cette dernière lui sourit et accepta avec joie.

— Comment vas-tu rentrer ? dit-elle soudain à Lucile. Nous avons pris ma voiture.

— Je la raccompagnerai, s'entendit-il répondre.

Mais pourquoi s'infligeait-il encore le supplice de rester avec elle ? Sans pouvoir la toucher, sans pouvoir la séduire comme toutes les autres ? Il n'arrivait juste pas à la voir partir, il avait encore envie de passer du temps avec elle.

Il sentit bien la question muette que Tess posa à Lucile sur sa proposition, et cela l'agaça. Il n'était pas un grand méchant loup, non plus. Il savait être un vrai gentleman, quand il le fallait. Lucile se tourna vers lui.

— Ok, si cela ne te dérange pas.

Elle avait l'air si innocente qu'il avait encore plus envie de la protéger. Contre lui ?

En sortant dans l'air tiède de la fin d'après-midi, il put enfin respirer à pleins poumons.

— Il n'est pas tard, et si nous allions manger un bout ensemble pour parler du bon vieux temps ? demanda-t-il.

— Pourquoi pas ?

Il fut surpris qu'elle accepte aussi vite. Il était persuadé qu'elle aurait cherché la moindre excuse pour rentrer le plus vite possible chez elle.

Il l'entraîna sur le Pier, où il connaissait un petit restaurant de poissons, parfait pour eux deux. En s'installant, il remarqua qu'il n'y avait pas grand monde, il était encore tôt pour manger. Ce serait parfait pour discuter tranquillement sans le bruit de la foule.

Une fois leur commande passée, il attaqua tout de suite. Il fallait qu'il parle, qu'il pense à autre chose qu'au délicieux décolleté qu'offrait son chemisier.

— Alors, où êtes-vous parties avec ta mère, après le manoir ?

— Nous sommes allées vivre à Los Angeles, ma mère faisait des petits boulots de ménage.

— Et comment va-t-elle ?

— Elle est morte deux ans après notre départ d'un cancer.

Il lut dans ses yeux toute la peine que cette perte exerçait encore sur elle. Il lui prit la main doucement.

— Je suis désolé, je ne savais pas. Est-ce pour cela que vous êtes parties ?

Il la sentit hésiter et regarder ailleurs.

— Je ne sais pas pourquoi nous sommes parties, j'étais jeune à l'époque.

— Et ensuite ? Qu'as-tu fait toute seule à dix-sept ans ?

— Oh, ma mère avait tout prévu, j'ai été en pensionnat dans une grande école. Dès que j'ai fini le lycée, j'ai commencé les petits boulots de serveuse, et c'est là que j'ai rencontré Luc. Il a vu en moi la même chose que ce qu'il vivait : la perte du seul être cher qu'il nous restait. Nous nous sommes rapprochés, et comme je l'observais souvent en cuisine, comme je le faisais avec toi, il m'a appris beaucoup de choses, envoyé faire des stages chez des amis à lui. Je lui dois beaucoup.

— Il a l'air de quelqu'un de bien ?

— C'était quelqu'un de bien, en effet. Il est mort il y a trois ans, c'est à ce moment-là que j'ai vu ton offre pour le poste de manager.

Décidément, il s'y prenait mal. Il avait voulu lui faire passer une bonne soirée, mais il lui rappelait tous les mauvais souvenirs qu'elle avait vécus.

Pourquoi n'avait-il pas essayé de la retrouver ? Ils avaient quand même grandi ensemble ! Peut-être l'aurait-il fait sans ce baiser ? Il avait été tellement désorienté par ce qu'il avait ressenti qu'il avait préféré enfouir tout cela au fond de lui et ne plus penser ni à ce baiser ni à elle.

— Et comment vont tes parents ? Vous avez toujours le manoir ? reprit-elle avec entrain.

— Oui, mes parents n'y vivent plus tout le temps, ils préfèrent leur appartement à San Francisco, mais nous y allons encore de temps en temps. Ils vont bien, je ne les vois pas souvent.

— Sont-ils fiers de ce que tu as réussi ?

— Pour eux, c'est un passe-temps !

— Construire un empire comme tu l'as fait ? Un passe-temps ?

— Je n'ai jamais vraiment trouvé grâce à leurs yeux. Surtout à ceux de ma mère.

— Bon, mais tu es toujours en contact avec tes amis à ce que j'ai pu voir.

— Oui, nous ne nous sommes pas perdus de vue. Julian est toujours le même : silencieux, il a construit une très grande entreprise de commerce de viande entre les États-Unis et l'Argentine, son pays natal. Adam est toujours celui qui fait le clown et qui ne prend rien au sérieux, il travaille pourtant dans l'armée de l'air et a un poste d'instructeur depuis qu'il est revenu d'Irak. Et Sophie, qui n'a pas pu être là hier, est toujours la jolie de notre bande. Elle a travaillé comme mannequin pendant quelques années, et maintenant elle cherche un peu sa voie.

— Oh ! Je serais ravie de la revoir, elle était tellement gentille avec moi. Elle était déjà la plus belle au lycée.

Il n'avait pas vraiment envie de parler de Sophie, le sujet le dérangeait. Il dirigea donc la conversation vers la cuisine, leur passion commune.

— Pourquoi n'as-tu jamais postulé pour la place de Chef ?

— J'adore cuisiner et créer des recettes, mais je ne suis pas faite pour diriger une équipe dans une cuisine. J'aime prendre mon temps, choisir mes ingrédients, goûter mes recettes.

Elle ne s'en rendait sûrement pas compte, mais la façon dont elle parlait de sa cuisine l'excitait. Il aurait adoré qu'elle prenne son temps avec lui, qu'elle le caresse, qu'elle le goûte.

Heureusement le repas touchait à sa fin, il fallait qu'ils se séparent rapidement, sinon il ne répondrait plus de rien.

Ils marchèrent ensemble jusqu'à son immeuble et descendirent dans le parking. Quand ils furent devant sa moto, elle se mit à glousser.

— Je ne t'avais pas prévenue que j'étais à moto. Cela ne te pose pas de problème, j'espère ? lui demanda-t-il en observant sa jupe.

— Non, je n'en ai jamais fait, mais cela me tente beaucoup depuis des années.

Il lui tendit son casque et l'aida à le mettre. Effleurer la peau de sa gorge pour accrocher la lanière fut un nouveau supplice. Sa peau était si douce, si tentante.

Il se positionna sur la moto, enleva la béquille et l'aida à monter derrière lui. Seulement, il n'avait pas réfléchi du tout à la proximité qu'engendrerait ce genre de transport, ils auraient dû prendre un taxi. Sa jupe remontait haut sur ses cuisses, il eut du mal à cesser de les regarder.

Collée à lui, ses seins écrasés contre son torse, les effluves de son parfum venant le torturer, ses bras enroulés autour de sa taille. Il roula plus vite que la vitesse autorisée, mais il respecta quand même l'arrêt à un feu.

— Ça va ? Tu te sens comment ?

Son rire mélodieux lui répondit, même ce son était sexy.

— C'est génial ! J'adore !

Il repartit de plus belle, pour lui faire ressentir encore plus les sensations que pouvait offrir la moto.

Arrivés enfin devant chez elle, il l'aida à descendre. Son supplice était terminé, enfin ! Il fallait qu'il s'éloigne le plus rapidement d'elle. Pourtant, il se surprit à descendre aussi et à l'accompagner jusque devant sa porte. Elle lui rendit son casque qu'elle tenait toujours.

— J'ai passé un merveilleux moment sur cette moto, merci. Et merci pour le repas.

— J'ai été très content de te retrouver, moi aussi.

Il avait tellement envie de l'embrasser, elle ne semblait pas pressée de rentrer chez elle non plus. Elle leva son visage vers lui avec un grand sourire, et il sut qu'il était perdu en plongeant dans le vert de ses yeux. Il lui prit le visage entre ses mains et s'approcha de ses lèvres doucement, elle se laissa faire consentante.

« Non pas elle », lui cria la voix de la raison dans sa tête. Alors il fit ce qu'il aurait dû faire depuis longtemps, il déposa un léger baiser sur sa joue, lui dit au revoir et partit le plus vite possible.

*

Le lendemain matin, Lucile courait sur la plage. L'air marin lui faisait du bien, en cette magnifique journée ensoleillée. Elle avait tant besoin de remettre ses idées en place. Que s'était-il passé la veille ?

Elle avait passé un moment merveilleux dans les cuisines high-tech de l'entreprise de Grant. Tess et elle avaient pu confectionner leurs recettes sous les yeux de Grant et Etan. Elle avait senti le regard de Grant qui ne la quittait pas pendant tout le temps qu'ils avaient passé ensemble.

Après l'épisode du bureau, elle avait été heureuse de retrouver un monde qu'elle connaissait, qu'elle maîtrisait : la cuisine. Elles avaient été déçues que Grant ne s'enthousiasme pas comme Etan. Il avait aimé les plats, c'était le principal, mais elle aurait tant voulu qu'il leur donne une réponse tout de suite.

Puis, cette soirée tous les deux avait été comme dans ses rêves d'adolescente. Oh bien sûr, il ne l'avait pas draguée, mais il avait été tendre, rieur, et surtout, tellement sexy.

Cet épisode sur sa moto l'enivrait encore, la chaleur de son corps collé au sien, la vitesse qui avait fait battre son cœur un peu plus vite. À moins que ce ne soit à cause de Grant ? Elle n'avait pas eu peur une seule seconde, elle avait tellement confiance en lui, il ne la mettrait jamais en danger.

Quand il l'avait raccompagnée jusque devant sa porte, elle avait eu plein d'espoir. Son corps était bouillant d'excitation, son cœur battait à cent à l'heure, elle n'était même pas sûre d'avoir vraiment respiré. Il avait pris son visage entre ses mains chaudes, et pendant qu'il s'approchait de ses lèvres, elle avait fermé les yeux, attendant ce baiser de toutes ses forces. Mais il l'avait juste embrassée sur la joue. La déception et la frustration l'avaient envahie. Il avait marmonné un « Bonsoir » avant de partir, comme s'il avait le diable à ses trousses.

Qu'avait-elle cru ? Qu'un homme de la trempe de Grant pourrait s'intéresser à une femme comme elle ? Elle n'avait rien d'extraordinaire par rapport aux femmes qu'il fréquentait habituellement. Elle avait peut-être même imaginé tout cela.

Toute la nuit, son esprit avait mené une lutte sans merci contre ses émotions. Elle était maintenant épuisée et sans réponse. Et un peu en colère contre elle-même de se laisser envahir par cet homme.

Elle ralentit et finit les derniers mètres en marchant, toujours dans ses pensées. Quand elle releva la tête, Grant était là, l'attendant sur le perron de sa maison. Il avait la mine sombre. Avait-il aussi mal dormi qu'elle ? Non, elle n'avait sûrement aucune influence sur son humeur ni sur ses nuits, elle devait se faire une raison.

Elle redressa la tête en arrivant près de lui. Faire comme si cette rencontre ne la remuait pas, comme si son cœur ne battait pas plus vite. Il s'approcha d'elle lentement, comme un prédateur, sans sourire.

— Bonjour, Grant. Tu as oublié quelque chose ?

Était-il en train de fixer ses lèvres de son regard si bleu, mais si sombre à cet instant ?

— Oui, ça !

Elle n'eut pas le temps de réfléchir à ses paroles qu'il la tira entre ses bras avant de capturer sa bouche avec passion. Une myriade de sensations explosa alors en elle. Tout son corps se colla contre lui, ses lèvres s'entrouvrirent pour lui permettre d'approfondir un peu plus son baiser. Elle répondit avec fougue, ne se reconnaissant pas dans cette attitude. Elle n'avait jamais été embrassée de cette façon.

Non, c'était faux ! Grant l'avait déjà embrassé de cette façon, onze ans plus tôt. Elle reconnaissait toutes les sensations qu'elle avait déjà ressenties à l'époque. Toutes ces émotions qui avaient fait qu'aucun autre homme n'avait jamais pu l'égaler.

Au moment où il reprenait son souffle, il lui murmura :

— Je suis désolé…

Était-il déçu ? Voulait-il partir ?

— J'aurais dû t'embrasser hier soir en te disant au revoir, ajouta-t-il en collant son front contre le sien.

— Je suis sûre que cela fait partie de ton truc. Faire languir les jeunes femmes et les torturer en ne leur donnant pas ce qu'elles veulent tout de suite, répondit-elle avec malice.

Il rigola dans son cou, ce qui lui déclencha une série de frissons dans tout son corps.

— Je n'ai pas dormi de la nuit, en pensant à toi ! murmura-t-il à son oreille.

Quoi ? Il était donc dans le même état qu'elle ! Elle n'avait pas l'habitude de séduire les hommes et elle ne pensait même pas à essayer avec Grant. Qu'est-ce qui pouvait bien lui plaire chez elle ?

— Et si nous rentrions chez toi ? dit-il en pressant ses hanches contre les siennes pour qu'elle sente son excitation.

Quoi ? Chez elle ? Elle n'allait certes pas le laisser comme cela après ce baiser, mais elle ne savait pas quoi faire. Voulait-elle vraiment ce qui allait se passer quand ils rentreraient ? Tout son corps lui criait que oui, mais elle était tellement nerveuse.

Elle sortit la clé de sa poche, mais ses mains tremblaient tellement qu'elle ne réussit pas à ouvrir.

— Et si tu me laissais faire ?

L'effleurement de ses doigts quand il lui prit la clé des mains l'électrifia encore un peu plus. Il ouvrit la porte et s'effaça pour la laisser entrer.

Dans sa maison, il fit le tour et la retrouva dans le salon, d'où elle n'avait pas bougé. Il jeta sa veste sur le canapé tout en souriant.

— C'est joli chez toi !

— Merci, je suis surtout tombée sous le charme du jardin. Tu veux le voir ou tu veux boire quelque chose ? J'ai du soda, je peux faire du café…

Elle parlait à tort et à travers, essayant de masquer la nervosité qui l'envahissait. Il s'approcha lentement d'elle.

— Je ne veux rien d'autre que toi.

Comment aurait-elle pu résister à une déclaration comme celle-ci ? Tant pis s'il la faisait à chaque femme qu'il séduisait. Tant pis si elle avait à coup sûr le cœur brisé. Elle se jeta dans ses bras.

Voilà ce dont elle avait envie depuis toujours. Voilà où était sa place. Il la tint serrée contre lui, entre ses bras musclés, un long moment. Il l'embrassait partout, il avait l'air aussi assoiffé d'elle, qu'elle de lui. Sa tête commençait à lui tourner dans un délicieux vertige de plaisir. Ses mains la parcouraient sans pour autant passer la barrière de ses vêtements. Qu'attendait-il ? Devait-elle lui donner un signal ?

— Pourquoi es-tu partie quand nous étions plus jeunes ? demanda-t-il la voix rauque de passion.

Ce n'était pas vraiment une question, mais si cela l'avait été, elle n'aurait pas pu y répondre franchement. S'il savait, il la quitterait sur-le-champ, et ce bonheur qu'elle entrevoyait dans ses bras ne lui donnait aucune envie que tout cela s'arrête maintenant.

Elle reprit ses lèvres avec toute la passion dont elle était capable, avec toutes les émotions qu'il faisait naître en elle.

C'est lui qui s'écarta d'elle le premier.

— Tu travailles aujourd'hui ?

Dans le brouillard de désir dans lequel elle se trouvait, ses paroles eurent du mal à arriver jusqu'à elle. Pourtant, quand elle en comprit le sens, cela lui fit l'effet d'une douche froide.

— Oui, je dois y être dans moins d'une heure. C'est moi qui fais l'ouverture.

Oh ! Pourquoi maintenant ? C'était la première fois qu'elle voyait son travail comme une entrave à son bonheur.

— Tu finis à quelle heure ?

— Pas avant 22 h !

— Mais c'est une très longue journée.

— Ne t'inquiète pas, j'ai un séduisant patron qui me rémunère bien, dit-elle dans un sourire, en jouant avec le col de son tee-shirt.

— Et ce « séduisant patron » te traite bien, j'espère ?

— Cela s'améliore de minute en minute, répondit-elle, pendant qu'il semait un torrent de baisers légers dans son cou.

— Je peux venir te rejoindre ce soir, après ton travail ?

— Je suis désolée, je suis déjà prise.

Elle le sentit se raidir contre elle. Elle ne put le faire attendre plus longtemps.

— Je dois voir mon « séduisant patron », ajouta-t-elle dans un rire.

Il laissa échapper un juron en souriant et la serra un peu plus contre lui pour qu'elle n'ait aucun doute sur l'effet qu'elle avait sur lui.

— Il sera là, je te le promets.

Il l'embrassa une dernière fois passionnément.

— À ce soir, Lucile.

Elle n'arriva même pas à lui répondre tant son baiser l'avait retournée, tant l'intonation de sa voix ne laissait aucun doute sur la soirée qui les attendait. Quand elle entendit la porte se refermer, elle courut prendre une douche. Il faudrait qu'elle soit bien froide pour lui remettre les idées en place.

III

Grant roulait à pleine vitesse sur les routes sinueuses avec sa moto. Il avait besoin d'air, besoin de vitesse pour oublier l'envie dévorante qu'il avait de Lucile. Il l'avait quittée quelques minutes plus tôt, tout son corps et tout son esprit étaient encore tournés vers elle.

La veille au soir, il était rentré chez lui à toute vitesse également, pour ne pas faire de bêtise avec elle, pour ne pas craquer. Mais la nuit avait été terrible, il n'avait pensé qu'à elle, ne trouvant le sommeil qu'aux premières heures de l'aube.

Elle avait envahi toutes ses pensées par son innocence, par sa beauté, par sa joie de vivre. Il savait qu'il n'était pas fait pour elle et qu'il finirait par la rendre malheureuse. Pourtant, quand il s'était enfin levé, la seule envie qu'il avait était de la retrouver. Sans vraiment savoir comment, il avait fini sur sa moto, roulant vers chez elle.

Elle n'était pas là à son arrivée, et il s'était dit que le destin lui passait peut-être un message, mais il avait préféré l'ignorer et l'attendre.

Il l'avait vu arriver de loin de son jogging, perdue dans ses pensées. Elle lui semblait toujours plus belle à chaque fois qu'il la voyait.

Il n'avait pas pu résister longtemps avant de l'embrasser, avant de la serrer enfin contre lui. Tout son corps s'était détendu à son contact, comme s'il y reconnaissait sa place.

De quoi parlait-il ? Il savait très bien où était sa place, négociée par d'autres depuis longtemps. Et ce n'était pas avec elle.

Malheureusement, elle avait répondu avec fougue à ses baisers, et il avait tout oublié. Rien ne comptait plus qu'elle et son corps chaud collé au sien.

Il arriva à sa destination, un hangar d'avion sur un aérodrome presque à l'abandon. Adam devait être là. Il travaillait pour l'armée de l'air, mais le week-end, il était toujours en train de réparer un de ses vieux avions. Il le trouva en effet penché au-dessus du moteur de l'un d'eux.

Il avait besoin de parler à un de ses amis, de se changer les idées en attendant la soirée qu'il avait prévu de passer avec Lucile. Lui sortirait-il le grand jeu ? La connaissant, elle n'apprécierait pas les grands restaurants et tout le côté snob qu'adoraient en général les femmes avec qui il sortait. Non il devrait trouver quelque chose de touchant, de simple pour la séduire.

« Cela servait-il à quelque chose ? », se demanda-t-il encore. Il n'en savait rien, mais l'attirance qui le poussait vers elle avait pris les commandes de son cerveau.

— Salut Grant ! Que me vaut le plaisir ? demanda soudain Adam, qui avait sorti la tête du moteur d'un de ses avions.

— Rien de spécial, j'avais envie de faire un tour à moto, et je suis arrivé jusqu'ici !

— À cette heure-ci ? En général, tu paraisses au lit avec une de tes conquêtes ! N'aurais-tu trouvé personne ?

Adam avait raison, il aurait dû partir à une de ces soirées hier soir pour oublier Lucile. Il était pourtant sûr que cela n'aurait servi à rien.

— Très drôle ! Tu as le temps pour boire une bière, ou je te dérange ?

Adam descendit de l'escabeau sur lequel il était perché, en s'essuyant les mains. Il l'observait, Grant savait très bien qu'il ne pourrait pas lui cacher longtemps ce qu'il se passait dans sa tête. Ils se connaissaient trop bien.

Ils s'installèrent sur une table au soleil, Adam leur apporta deux bières.

— Comment tu vas ?

— Ça va ! répondit Grant.

— Rien de neuf à raconter ?

Adam avait mis ses lunettes de soleil, mais il sentait son regard le scruter.

— Pas grand-chose depuis trois jours.

— C'était sympa de retrouver Lucile dans ton restaurant !

— Ouais, dit-il laconiquement.

Il le voyait arriver.

— Elle a beaucoup changé. Je l'inviterais bien à sortir, un soir.

— Quoi ? s'énerva-t-il en s'étranglant avec la gorgée de bière qu'il venait d'avaler.

Adam lui sourit tranquillement. Il avait réussi à l'avoir. Pourrait-il un jour leur cacher quoi que ce soit ?

— Allez, Grant, respire ! Je plaisante, elle n'accepterait pas de toute façon.

— Ah, et pourquoi ? demanda-t-il en faisant semblant que la réponse n'avait pas d'importance pour lui.

— Bon, allons-nous tourner longtemps autour du pot ? Lucile n'a d'yeux que pour toi, et c'est réciproque. Nous avons bien vu comment tu l'as dévorée des yeux quand tu l'as reconnue, et même avant d'ailleurs.

— Oui ! Enfin, c'est Lucile ! dit-il en passant les mains dans ses cheveux.

— Et alors ?

— Je la considère depuis toujours comme ma petite sœur ! Il ne peut rien se passer entre nous.

— Hé ! Ça fait onze ans que tu ne l'avais pas vue. Je n'ai pas le souvenir que ton rôle de grand frère t'ait vraiment tenu à cœur pendant tout ce temps.

Il s'en voulait toujours de ne pas avoir essayé de la retrouver, surtout maintenant qu'il savait à quel point elle avait été seule.

— Puis, toi, tu la considérais peut-être comme ta petite sœur, mais elle, c'était autre chose.

— Ah oui ? Et d'où tiens-tu cela ?

— Il ne fallait pas être devin ! Nous savions tous qu'elle était amoureuse de toi. Il n'y avait que toi pour ne pas voir ce que tu avais juste sous ton nez.

— Attends ! Comment ça « nous » ?

— Ben… Julian, Sophie et moi ! On se demandait si tu allais un jour ouvrir les yeux. Et on dirait que ce jour est enfin arrivé !

— Tu sais très bien que rien n'est possible avec elle, ou une autre d'ailleurs.

— Ne me parle pas encore de ce truc avec Sophie ! Vous n'êtes pas sérieux, vous n'allez pas aller jusque-là.

— Nous n'avons pas le choix ! dit-il d'une voix dure.

— Je ne vois personne te mettre un pistolet sur la tempe, pourtant.

— Adam, je ne te demande pas de comprendre, c'est comme ça. Donc avec Lucile cela ne pourrait être que temporaire et je ne veux pas lui faire de mal.

— À elle ou à toi ? Et si finalement maintenant que tu as ouvert les yeux, tu découvrais qu'elle pouvait tout faire basculer ?

Grant partit dans un fou rire.

— Mais d'où te vient cette sagesse sur l'amour ?

— Nous parlons donc d'amour ?

— Adam !

— T'es-tu déjà occupé d'un camp de jeunes recrues avec les hormones en ébullition ? Je parle avec eux, j'essaie de les comprendre. Nous ne sommes pas si différents d'eux, nous avons juste quelques années de plus.

Ils rirent tous les deux.

— Mais si tu penses en effet que ce n'est qu'une brève aventure et qu'il ne pourrait rien se passer d'autre, laisse-la tranquille !

Grant soupira.

— Je ne sais pas. J'ai essayé de me raisonner, de m'éloigner, mais je n'y arrive pas ! Je pense à elle tout le temps. Je devrais peut-être assouvir cette envie pour m'en débarrasser.

— Et si c'était pire après ?

— C'est bizarre, j'ai l'impression qu'elle me cache quelque chose. Cela vient peut-être de là, cette attirance, l'envie de savoir ce qu'elle ne dit pas.

— En tout cas, bonne chance !

— Je vais y aller, je dois la voir ce soir.

— Au moins, tu ne fuis pas les problèmes, toi !

Adam partit dans un grand éclat de rire et Grant se laissa emporter par sa bonne humeur communicative.

Ils se saluèrent en promettant de se tenir au courant très vite.

Grant n'était pas plus avancé que quand il était arrivé. Lucile avait-elle vraiment été amoureuse de lui quand ils étaient jeunes ? Cela ne compliquait-il pas tout ? Il décida de laisser cela de côté et de se concentrer sur la soirée qu'il voulait lui faire passer. Revenir en arrière était de toute façon impossible et inenvisageable.

*

Lucile fit le tour du restaurant, il y avait du monde ce midi : touristes et habitués étaient présents en ce samedi ensoleillé.

C'était le jour de repos de Tess, elles faisaient en sorte d'avoir un jour de week-end libre chacune. Demain, ce serait son tour, le passerait-elle avec Grant ? Penser à lui lui donna un vertige de plaisir.

Depuis ce matin, elle avait du mal à ne pas penser à leurs baisers, à la passion qu'elle avait vue dans ses yeux. Il balaierait à coup sûr ses sentiments. Mais n'avait-elle pas droit à cette parenthèse dorée quelque temps ? N'avait-elle pas assez souffert ?

La perte de sa mère avait été un tel cataclysme dans son univers de jeune fille. Elle l'avait soutenue comme elle avait pu lors de sa maladie, l'accompagnant à tous les rendez-vous médicaux, lui lisant des livres quand elle était trop faible, choisissant des playlists de musique gaie à écouter lorsqu'elle partait au lycée. Depuis sa mort, elle avait l'impression d'avancer sans vraiment savoir où elle allait, d'avancer à petits pas chaque jour. Son absence était terrible, elles avaient toujours été tellement proches.

Il y avait bien eu un froid quand elles étaient parties du manoir, surtout quand Lucile avait découvert toute la vérité, mais comme sa mère lui avait appris sa maladie très peu de temps après, elle avait mis tous ses sentiments négatifs de côté pour se jeter avec elle dans le combat contre la maladie, qu'elles avaient perdu. Sa mère avait peut-être fait des erreurs, mais elle était la plus merveilleuse des mamans, attentive et patiente.

Lucile n'avait jamais connu son père, disparu de la circulation quand il avait appris pour la grossesse de sa mère. Il ne lui avait jamais manqué, sa mère prenant les deux rôles, puis il y avait eu le manoir, la famille Cooper. La mère de Grant avait toujours été froide avec tout le monde, mais le père de Grant avait fait en sorte qu'elle les considère comme une famille.

Et aujourd'hui, après toutes ces années, son rêve d'adolescente s'était enfin concrétisé. Grant ne la voyait plus comme une petite fille, comme une petite sœur. Elle rougit en se souvenant de l'érection qu'elle avait sentie quand ils étaient serrés l'un contre l'autre. Grant était un homme qui savait ce qu'il voulait, qui savait s'y prendre avec les femmes. Elle, malheureusement, n'avait que peu d'expérience de ce côté-là. Pourtant quand elle avait été dans ses bras, elle s'était enfin sentie femme, son instinct guidant ses gestes.

Serait-elle prête à aller plus loin ce soir ? Elle se sentait anxieuse et excitée à la fois. Elle avait tellement envie de lui.

Elle se rendit compte soudain que c'était lui qu'elle avait attendu toute sa vie. Qu'elle comparait tous les hommes qui essayaient de l'approcher à Grant. Et comment auraient-ils pu seulement tenir la comparaison ?

Oui, ce soir, elle lui céderait parce qu'elle en avait envie, parce qu'elle savait qu'il serait doux, parce qu'elle avait tant besoin de lui contre elle. Peut-être que, justement, après, elle serait enfin libérée de lui. Car elle ne se faisait pas d'illusions, leur relation ne durerait pas, elle n'était pas à la hauteur de Grant, pas son style, pas du même niveau social. Puis il y avait son secret, qu'elle ne lui avouerait jamais, mais qui serait toujours entre eux.

— Cette soirée a dû très bien se passer, vu ta tête !

Tess était là, assise à une table sur la terrasse. Elle aperçut Etan qui arrivait vers elle. Tiens, tiens ! Son amie collectionnait les aventures, Lucile avait toujours admiré la facilité avec laquelle son amie séduisait les hommes, sa confiance en elle. Tout son contraire à elle.

— Mais on dirait que je ne suis pas la seule à avoir conclu ! lui répondit-elle en saluant Etan qui s'installait seulement à sa table.

Elle leur tendit les menus et partit en souriant devant le regard sidéré de son amie. Elle n'eut pas à attendre longtemps quand elle vit Tess arriver vers elle.

— Robbie, dit-elle au serveur, je dois parler avec Lucile, deux minutes. On est là-haut en cas de soucis.

Tess la tira par la main jusque dans son bureau tandis que Lucile riait.

Voilà l'effet que Grant avait sur elle : elle était heureuse, et même si ce n'était que provisoire, elle voulait profiter de cette euphorie dans laquelle il la plongeait.

Pour la première fois depuis longtemps, elle avait l'impression d'être jeune, de ne pas être obligée de prendre des responsabilités qui n'étaient pas de son âge.

— Lucile, raconte-moi tout ! Et vite, nous n'avons pas beaucoup de temps.

— Un certain beau gosse de chef t'attend ?

— Oui, Etan et moi nous envoyons en l'air, mais ça, c'est normal, c'est tout moi ! Mais toi…

Y avait-il de l'inquiétude dans les yeux de son amie ?

— Lucile, tu… tu connais la réputation de Grant, n'est-ce pas ?

— Oui, répondit-elle en croisant les bras sur sa poitrine.

Ah non ! Son amie n'allait pas la mettre en garde contre Grant. Personne n'avait le droit de gâcher son bonheur.

— Lucile, ne me regarde pas comme cela ! Je veux juste te protéger, je ne veux pas que tu souffres.

— Tess, je suis une grande fille. Je n'ai jamais fait aucun commentaire sur ta vie, ne viens pas juger la mienne.

— Arrête ! Tu es une gentille fille, toi, pas une séductrice sans sentiment comme moi.

— « Une gentille fille », je ne sais pas comment je dois le prendre…

— Tu sais très bien ce que je veux dire. Je veux juste que tu ne souffres pas.

Un silence tendu s'installa entre elles. Pourtant, Lucile n'en voulait même pas à Tess, elle avait raison. Elle n'était pas une séductrice, mais justement, avec Grant elle avait envie de changer.

— Sinon je serais obligée d'aller lui casser la figure et je perdrais sûrement mon emploi, dit Tess en souriant.

Lucile éclata de rire, elle reconnaissait bien là son amie. Dire quelque chose de grave et l'enrober avec de l'humour. Tess lui prit la main.

— Tu me promets de faire attention à toi et à ton petit cœur ?

— Si c'est pour sauver ton emploi, bien sûr !

Elles se serrèrent dans les bras.

— Et donc… Etan ?

Son amie Tess rougit à ce prénom. Ah, ça aussi, c'était nouveau !

— Il est bien, il est gentil et il a un charme fou.

— Bon, donc nous sommes décidément dans le même bateau ! Préviens-le que je lui casserai la figure aussi, s'il te brise le cœur.

Elles pouffèrent ensemble en redescendant dans le restaurant. Quand Tess eut rejoint Etan, elle les observa de loin. Il lui souriait, lui tenait la main. Leurs regards ne se quittaient pas. Aurait-elle cette même relation, aussi courte soit-elle, avec Grant ? Elle se reprit et continua à travailler jusqu'au soir.

Quand elle ferma enfin le restaurant, elle se sentait lasse. Elle n'avait pas arrêté, avec l'été, le restaurant était plein tout le temps. Elle était un peu anxieuse aussi, elle n'avait eu aucune nouvelle de Grant de la journée.

Et s'il avait changé d'avis ?

Une voiture noire était garée devant sa voiture sur le parking, un homme en sortit quand elle s'approcha, mais son téléphone sonna au même moment. C'était Grant, son cœur s'accéléra.

— L'homme qui est devant toi est mon chauffeur, monte et laisse-toi guider !

Sur ces mots, il raccrocha. L'homme, le chauffeur, l'attendait en souriant. Il lui ouvrit la portière, elle n'hésita qu'une seconde. Elle ne voulait qu'une seule chose : le retrouver.

*

Grant vit la voiture arriver sur le parking, il s'empressa d'avancer vers elle, se retenant de courir, tant il avait envie de la retrouver. Il avait mis la journée pour préparer sa surprise, il espérait que cela lui plairait.

Quand il la vit descendre de sa voiture, encore une fois, il la trouva tellement jolie. Qu'avait-elle de plus que les autres ? Il n'avait jamais été aussi impatient, aussi pressé de retrouver une de ses conquêtes.

Il arriva vers elle et lui prit les mains alors qu'elle lui souriait, de ce sourire qui le retournait.

— Je suis content que tu sois là !

— Parce que tu en doutais ? dit-elle dans un rire.

Avec une autre, il n'aurait jamais douté qu'elle vienne, mais avec Lucile, toutes ses certitudes étaient bousculées. Il ne savait pas vraiment où ils allaient, mais il ne voulait pas se poser la question pour le moment. Il voulait profiter de chaque instant avec elle, sans réfléchir.

Il l'attira dans ses bras et l'embrassa doucement. Il n'avait eu l'intention que de lui déposer un bref baiser sur les lèvres, mais il fut pris par la fièvre qu'elle déclenchait en lui. Quand ils se séparèrent à bout de souffle l'un et l'autre, il la prit par la taille pour la conduire à sa surprise.

— Oh ! Grant c'est merveilleux !

Il avait organisé un pique-nique sur la plage. Il avait installé des torches autour d'eux, une nappe à même le sable, des enceintes diffusaient un air d'opéra et il avait préparé lui-même le repas froid qu'il avait disposé. Il voulait quelque chose de simple pour elle, il était sûr qu'elle serait plus touchée par cela que par quelque chose de plus chic. Et vu son regard brillant, il avait vu juste.

Ils s'installèrent sur la nappe, et il leur servit une coupe de champagne qu'il avait mise dans la glacière. Ils trinquèrent tous les deux sans se quitter du regard, enivrés par le bruit des vagues et de la musique.

— À toi, murmura-t-elle.

— À nous, répondit-il.

Il était étrangement ému, lui aussi. Cette femme lui faisait découvrir et ressentir des sentiments qu'il ne connaissait pas. C'était un peu effrayant.

— Voici une assiette de petites choses que j'ai préparées cet après-midi.

— Tu as confectionné cela toi-même ?

— Je n'allais pas passer chez un traiteur, quand même ! Pas moi qui ai une chaîne de restaurants et qui élabore des nouveaux plats tous les jours.

Ils rirent tous les deux. Elle lui parla de sa journée de travail, de son amitié avec Tess. Il lui raconta comment il avait créé son entreprise, les moments durs et les moments de joie, de voir sa chaîne être reconnue dans le milieu de la cuisine.

— Tu ne laisses rien au hasard, dit-elle admirative.

— Je sais m'entourer des meilleurs. Comme pour cette soirée...

Elle rougit à son compliment. La lumière des torches donnait des reflets cuivrés à ses cheveux, ses yeux vert brillant, ses lèvres qui l'attiraient comme un aimant. Il avait tellement envie d'elle.

Elle se leva soudain, et marcha jusqu'à l'eau, elle avait enlevé ses sandales au début du repas et releva les pans de la jupe longue qu'elle portait, pour se tremper les pieds. Il observait chacun de ses gestes, de ses mouvements. Elle ne faisait rien pour, mais elle le mettait en feu, tous ses sens concentrés sur elle. Il ne put se retenir plus longtemps et la rejoignit en lui tendant la main.

Elle le regarda longuement, il retint sa respiration et finalement elle prit sa main. Il l'attira enfin à lui et l'embrassa passionnément.

— Et si on rentrait chez moi ? murmura-t-elle à son oreille, alors qu'il parcourait son cou de baisers.

— Tu es sûre ?

Elle acquiesça de la tête. Il ne lui fallut pas plus de temps pour réfléchir. Ils repartirent vers leur pique-nique, le rangèrent le plus vite possible. Il aurait pu demander à son chauffeur de venir ranger plus tard, mais il aimait faire attendre le moment où ils seraient enfin ensemble ; l'impatience augmentait son plaisir.

Quand ils furent assis à l'arrière de la voiture, il la prit sur ses genoux et commença à embrasser son cou, tout en faisant remonter la jupe longue de Lucile de sa main. Il lui caressait la cuisse pendant qu'elle se calait un peu plus contre lui.

Déjà son corps réagissait. Cette femme avait un effet dévastateur sur ses sens.

Quand la voiture s'arrêta devant chez elle, il la prit dans ses bras et la porta le plus rapidement possible jusqu'à sa porte tant l'envie d'être seul avec elle le consumait. Elle se laissa faire, posant sa tête sur son torse dans un geste doux.

Il la déposa devant la porte en la faisant glisser contre son corps. Elle ouvrit fébrilement la porte et il la plaqua contre le mur dès qu'ils furent à l'intérieur, embrassant son cou, sa gorge offerte, il lui souleva son tee-shirt et caressa avec douceur ses seins encore couverts de son soutien-gorge en dentelle. Elle allait le tuer, si tous ses sous-vêtements étaient aussi sexy.

Elle lui caressa le torse et il l'aida à enlever son tee-shirt, puis leurs autres vêtements s'envolèrent.

— Montre-moi ta chambre.

Elle lui prit la main et le conduisit dans une pièce au fond. Sa chambre lui ressemblait, elle était peinte dans une teinte de jaune joyeux. Ses meubles en bois s'accordaient parfaitement. Il ne prit pas le temps de trop examiner les lieux, il la mena vers le lit et l'allongea.

— Tu es si belle, dit-il lui enlevant doucement son soutien-gorge.

Il put enfin explorer ses seins avec ses doigts, sa bouche. Elle gémissait contre lui passant ses mains dans ses cheveux. Il se plaça au-dessus d'elle et descendit en embrassant son ventre, ses mains griffant gentiment ses jambes. Elle frissonna, ce qui l'excita encore plus. Il lui enleva sa culotte, ses yeux accrochés aux siens. Elle rougissait, pourquoi ?

Il lui embrassa les jambes, faisant le chemin inverse que ses mains avaient pris quelques instants plutôt. Quand il arriva à son point le plus sensible, il le lécha, l'aspira, elle se tordait de plaisir, murmurant son nom. Rien n'avait jamais été aussi érotique que ces sons sortant de sa bouche. Il sentit qu'il arrivait bientôt à la limite de ce qu'il pouvait supporter. Il redescendit du lit, elle l'interrogea du regard.

— Je vais juste prendre ce qu'il nous faut, dit-il en sortant un préservatif de son portefeuille.

Elle rougit encore, qu'avait-elle ?

Alors qu'il mettait en place le moyen de protection, elle s'agenouilla sur le lit et posa des centaines de baisers sur son torse, sur ses épaules. Il frissonna, elle savait s'y prendre pour le mettre dans tous ces états.

Il la renversa soudain sur le lit pendant qu'elle riait et se plaça entre ses jambes. Leur rire s'éteignit, et elle le regarda intensément, comme si elle essayait de sonder son âme. Il la pénétra doucement, elle ferma les yeux.

Il sentit une légère résistance céder sous son assaut et il la vit grimacer. Elle était vierge.

QUOI ?

Comment était-ce possible ? Il ne bougeait plus, et c'est elle qui commença à onduler du bassin pour venir vers lui.

— Montre-moi ce que tu sais faire, beau gosse ! dit-elle en plantant son regard rieur dans ses yeux.

Déjà elle l'emportait plus loin avec le balancement de ses hanches. Il devait réfléchir à ce qu'il était en train de faire avec elle. Et vite !

— S'il te plaît, Grant, supplia-t-elle.

Alors il se décida, il était déjà trop tard pour s'interroger et l'innocence avec laquelle elle le regardait l'acheva.

Il posa ses coudes de chaque côté de son corps et prit son visage dans ses mains. Il l'embrassa doucement tout en commençant à bouger en elle.

— Dis-moi si je te fais mal ?

— Non, c'est déjà passé, mais tu vas trop lentement…

Il sourit dans son cou, il n'allait pas lui faire l'amour comme un rustre, non, il allait l'emmener jusqu'aux cimes du plaisir. Alors qu'il sentait qu'elle s'habituait à son sexe, il commença à accélérer la cadence, tout en faisant attention aux émotions de son visage. Mais il s'inquiétait pour rien apparemment, elle semblait détendue et impatiente.

— Plus vite, Grant ! dit-elle dans un soupir.

Il s'empara de sa bouche et accéléra franchement.

— Oui, comme ça ! Encore !

Elle venait à sa rencontre avec ses hanches, son instinct de femme surgissant, ses ongles lui labourant le dos. Elle était tellement belle, tellement femme.

Avait-il déjà ressenti quelque chose de pareil ? Au moment où ils furent submergés par l'orgasme en même temps, il sut que non. Jamais il n'avait pris autant de plaisir avec personne.

Il se leva et alla jeter le préservatif dans la salle de bain, mais il resta debout près du lit. Elle était toujours allongée, son corps entortillé dans les draps, ne cachant pas grand-chose de sa nudité, et elle lui souriait.

— Nous devons parler.

— Hum, Grant ! dit-elle en s'étirant. Tout ce que tu veux, mais viens te coucher près de moi.

— Mais enfin, Lucile, tu aurais pu me prévenir !

— L'aurions-nous fait si tu avais su ?

— Pour être honnête, je ne sais pas ! Je ne crois pas qu'il y aurait eu grand-chose qui aurait calmé ma soif de toi, dit-il en s'asseyant sur le lit et en caressant son visage.

— Grant, rassure-toi ! Je n'attends rien de toi. Nous avons une aventure qui s'arrêtera quand il sera temps. Je ne vois pas de robe de mariée, n'entends pas de marche nuptiale. Nous sommes des adultes.

Il aurait dû être rassuré par son discours, pourtant en s'allongeant contre elle, il fût un peu déçu qu'elle ne voie que comme cela leur relation. Mais la voyait-il différemment ?

— Je peux te poser une question ? demanda-t-il doucement.

— Pourquoi j'étais encore vierge à vingt-six ans ?

— Euh, oui.

— Grant, je n'attendais pas le prince charmant, mais je souhaitais que cela soit un moment important pour moi, et tu as réussi à en faire un moment merveilleux. Merci.

— Oh ! Mais tout le plaisir a été pour moi, ma belle.

Il commençait à se détendre, son corps serré contre elle. Il admirait le fait qu'elle ait voulu donner de l'importance à ce moment. Mais était-il la bonne personne pour cela ? En même temps, l'imaginer avec un autre lui était impensable.

Il la serra plus fort contre lui, elle bâilla.

— Dors, mon ange. Je suis là.

Il sentit le moment où elle s'abandonnait au sommeil. Il aurait voulu lutter pour réfléchir à eux, à tout ce que cela impliquait, mais il s'endormit profondément quelques instants plus tard.

IV

Le lendemain matin, Lucile se réveilla courbaturée. Elle rougit en repensant à la nuit qu'elle venait de passer avec Grant. Ils avaient refait l'amour en se réveillant au milieu de la nuit. Et c'était de mieux en mieux.

Elle n'avait pas menti à Grant, elle n'avait pas attendu l'homme de ses rêves pour faire l'amour, juste quelqu'un qui en ferait un moment spécial, auquel elle pourrait penser de temps en temps avec un sourire.

Et Grant était celui qu'elle avait toujours aimé, il avait réussi à en faire un moment magique.

« Toujours aimé » ! Non, aimé lorsqu'elle était petite fille, aujourd'hui c'était une relation d'adulte, une aventure comme elle le lui avait dit. Alors pourquoi sentait-elle qu'elle se mentait à elle-même ?

Elle le regarda endormi à côté d'elle et elle l'admira encore. Il était tellement beau, insouciant dans son sommeil, détendu, presque souriant. Une vague d'émotions déferla sur elle.

Bien sûr qu'elle l'aimait, qu'elle l'avait toujours aimé et même sûrement attendu. Cette révélation lui fit un choc. Elle se leva doucement pour ne pas le réveiller et partit prendre une douche pour essayer de se remettre les idées en place.

Le jet d'eau puissant lui fit du bien. Elle devait mettre ses sentiments de côté ; Grant était quelqu'un d'honnête et de droit, il ne lui avait rien promis.

Et avec le secret qu'elle portait depuis onze ans, elle savait leur avenir impossible. S'il l'apprenait un jour, il ne voudrait sûrement plus la voir. Elle allait profiter de ces moments de bonheur sans se poser de questions. Les larmes viendraient bien assez tôt.

Elle sentit soudain des mains chaudes dans son dos. Grant se colla à elle, lui montrant à quel point elle l'excitait encore. Tant qu'il voudrait d'elle, elle ne penserait à rien d'autre.

Ses mains descendirent dans son dos, lui caressant les fesses. L'une remonta vers l'un de ses seins pendant que l'autre s'aventurait plus bas.

— Comment fais-tu pour m'exciter encore, même après la nuit que nous venons de passer ? demanda-t-il contre son oreille de sa voix rauque.

Déjà, il la faisait frissonner, tout son corps réagissant à ces nouvelles caresses. Elle se retourna et s'agenouilla devant lui.

— Mais que fais-tu ?

— Je découvre !

Elle prit son sexe dans sa bouche, et elle le sentit se raidir un peu plus pendant qu'il lâchait un son guttural. Elle avait entendu pas mal de choses sur comment faire et elle essaya de s'appliquer. Très vite elle découvrit ce qui le faisait gémir. Alors qu'elle faisait glisser un peu plus vite son sexe dans sa bouche, il la redressa, la plaqua contre le mur froid et enroula ses jambes autour de sa taille.

— S'il te plaît, dis-moi que tu prends la pilule ?

— Oui, murmura-t-elle contre son épaule.

— J'ai fait des tests et je n'ai jamais oublié de mettre un préservatif. Est-ce que tu acceptes ?

Qu'aurait-elle pu répondre à cela !

— Oui, vite, s'il te plaît.

Alors il la pénétra d'un long coup de reins. Oh ! La sensation était vraiment différente, plus douce.

Il commença à venir en elle, vite, comme elle lui avait demandé, profondément. Et avec les préliminaires qu'ils avaient déjà faits, leurs corps explosèrent très vite de plaisir. Alors qu'il était encore secoué de soubresaut, il lui murmura :

— Ça, c'était ma première fois à moi…

Elle rit dans son cou, mais cette petite phrase l'émut plus qu'elle n'aurait dû. Il la relâcha et, alors qu'elle pensait qu'il partirait, il la retourna et commença à la laver avec le savon. Ils prirent leur temps, se caressant mutuellement. Elle était ivre de plaisir.

Toute la semaine suivante se déroula sur le même ton, ils allaient travailler et se retrouvaient chez elle le soir. Jusqu'au matin, ils s'aimaient, la passion les dévorant totalement. Même Grant semblait surpris par cette attirance, même s'ils n'en parlaient jamais. Elle se demandait souvent si les gens voyaient une différence en elle, elle se sentait tellement bien, tellement femme. Tess, elle en était sûre, savait. Elles en parlaient très peu, mais le sourire tendre de son amie ne laissait aucun doute.

Le jeudi soir suivant, Grant rentra du travail. Elle l'attendait dans le jardin à l'arrière de sa maison. Elle entendit le moteur vrombir de sa moto.

Elle entra dans la maison, sortant le pichet d'une limonade maison qu'elle avait préparée pour lui.

Quand elle referma la porte du frigo, il arrivait devant elle, jetant sa veste sur le canapé.

En une semaine, il avait pris ses habitudes, et elle adorait cela. Surtout l'avoir pour elle toute seule.

Il se mit derrière elle alors qu'elle lui servait un verre frais et la prit dans ses bras, l'embrassant dans le cou. Elle frissonna, comme à chaque fois qu'il la touchait ou la regardait, d'ailleurs.

Elle se retourna pour lui tendre son verre et il l'embrassa d'un baiser bref, avant d'en boire une grande gorgée. Elle l'admira, tout en lui était sexy, elle était définitivement une cause perdue !

Ils allèrent s'installer à l'ombre du parasol sur la terrasse.

— Hum ! J'adore rentrer du travail et profiter du grand air de ta maison, murmura-t-il. Mais surtout de toi…

Il lui prit la main et l'embrassa dans le creux de la paume. Comment son cœur pouvait-il résister à ses paroles ? Elle essayait bien de contrôler ses sentiments, mais ils la dépassaient souvent. Tant qu'elle ne lui en faisait pas part, elle garderait sa fierté.

— Demain nous avons ce séminaire avec tous les managers et leur Chef.

— Je sais, j'y serai avec Tess, sourit-elle. Serons-nous nombreux ?

— Il devrait y avoir tout le monde, une bonne cinquantaine de personnes. Nous finirons en début d'après-midi, pour laisser le temps à ceux qui viennent de loin de repartir facilement.

— C'est la première fois que tu organises cela, non ?

— Oui ! C'est une idée de notre directeur des Ressources Humaines, que tout le monde se rencontre pour travailler ensemble. Qu'est-ce que tu en penses ?

Elle était touchée qu'il lui demande son avis sur un sujet si important.

— Je trouve cela très bien ! J'ai hâte de rencontrer tous mes collègues, de partager avec eux des problèmes qu'ils connaissent et qu'ils rencontrent tout comme moi. Je suis persuadée que ce sera enrichissant.

Il lui sourit tendrement, mais fronça les sourcils.

— Tu sais que nous ne pourrons pas apparaître ensemble, dit-il hésitant.

— Bien sûr ! Cela ferait mauvais genre. Je comprends, ne t'inquiète pas, répondit-elle en le rassurant d'une pression de la main.

Il souffla en tendant son visage au soleil et en fermant les yeux.

— J'ai besoin d'air frais. Et si nous partions ce week-end tous les deux au Manoir ?

Elle s'étrangla avec sa limonade.

— Où ça ? demanda-t-elle en espérant ne pas avoir compris.

— Au Manoir, Lucile ! Là où nous avons grandi. Allez ! Nous rentrerons le dimanche matin pour que tu prennes ton service.

— Je ne sais pas ! C'est un endroit chargé en émotions.

— Nous serons seuls, et je pourrai être à toi complètement.

Elle hésita beaucoup. Elle avait vraiment très envie de retrouver cet endroit où elle avait grandi, où ils avaient vécu tellement d'aventures et de bonheurs. Mais son secret vivait également dans cet endroit. Saurait-elle tenir sa langue ? Ne pas tout raconter à Grant ?

Il attendait toujours sa réponse. Pour quelle raison, pourrait-elle refuser sans qu'il ne se pose des questions ? Et puis, elle avait envie de revoir cette maison et ce lieu qui lui rappelait aussi sa mère.

— Mais je dois retourner travailler après le séminaire.

— Je viendrai te chercher après ton service. Nous ferons la route de nuit.

Elle réfléchit encore un instant. Mais Grant réussit à la convaincre, et elle céda devant son air de petit garçon, auquel elle ne pouvait rien refuser.

— D'accord.

Il se leva et lui prit la main pour l'aider à se mettre debout. Il la garda contre lui un moment, plongeant son regard dans le sien. Qu'espérait-il y trouver ? Elle eut peur un instant qu'il n'y voie les sentiments qu'elle essayait de lui cacher, mais il lui sourit et l'emmena jusque dans la chambre.

« Tout se passera bien », pensa-t-elle alors qu'il commençait à la déshabiller. Rien ne pouvait arriver tant qu'ils n'étaient que tous les deux.

Les fantômes du passé et leurs secrets resteraient loin d'eux, elle l'espérait sincèrement.

*

Le lendemain, Grant la quitta tôt pour repasser à son appartement, et pour qu'ils n'arrivent pas ensemble. Elle dormait encore quand il prit ses affaires. La regarder dormir était un plaisir pour les yeux ; décoiffée, alanguie, abandonnée au sommeil, elle était magnifique.

Il s'arracha à sa contemplation et l'embrassa légèrement. Elle ouvrit les yeux en papillonnant et lui sourit en s'étirant.

— Chut, dors encore un peu ! murmura-t-il.

Il savait qu'elle était épuisée, et cela à cause de lui. Ils faisaient l'amour dès qu'ils étaient ensemble, et il ne la laissait pas en paix une seule seconde, mais elle ne se plaignait jamais, elle participait même activement à tous leurs ébats.

Pourtant, même s'il s'en voulut un peu, il n'arrivait pas à ne pas la toucher dès qu'elle était près de lui. Il y avait une sorte d'urgence à être contre elle, en elle.

Après lui avoir donné un dernier baiser, il monta sur sa moto et fonça chez lui. Pendant qu'il prenait sa douche, il pensa à la journée qui l'attendait. Il avait été impatient de ce séminaire quand ils en avaient pris la décision, mais comment allait-il gérer son attirance pour Lucile au milieu de tous ses employés ?

Il allait devoir faire tout son possible pour la traiter de la même manière que les autres. Personne ne devrait se douter de quoi que ce soit.

Quand il entra dans son immeuble, il alla d'abord dans son bureau pour voir ses mails et gérer le programme de la journée avec son staff. Le séminaire allait commencer dans quelques minutes, mais Etan n'était toujours pas là. Il savait que son Chef était souvent en retard, mais il aurait pu faire un effort pour être à l'heure aujourd'hui.

Il descendit dans la grande salle de réception qu'il avait fait installer, juste au-dessus de l'étage des cuisines. De nombreuses personnes étaient déjà présentes, il repéra tout de suite Lucile en train de converser joyeusement avec d'autres employés. Elle était rayonnante, et cela le galvanisa de savoir qu'il y était un peu pour quelque chose.

Lucile était surprenante ; après tout ce qu'elle avait vécu, elle aurait pu être dévastée, mais non, elle était toujours joyeuse, optimiste. Ne lui enlèverait-il pas cela quand tout serait terminé entre eux ? Il préféra ne pas y penser pour le moment. Ils avaient encore du temps.

Son assistante le suivait de près, lui murmurant les noms de ceux qu'il rencontrait. Il aurait aimé connaître tout le monde, mais comme son entreprise s'était agrandie très vite, il ne croisait pas assez tous ces gens pour se souvenir du prénom de chacun.

La salle avait été aménagée avec une petite estrade et de longues rangées de chaises devant cette dernière. Ils avaient prévu avec son équipe plusieurs interventions. Les managers et leur Chef étaient présents pour représenter leur restaurant.

Après le discours de bienvenue, les Chefs partiraient avec Etan pour une séance en cuisine sur leurs futurs plats et pour écouter les idées de chacun. Quant aux managers, ils continueraient les interventions de comptabilité et de conseils managériaux.

L'ambiance était joyeuse, et des groupes s'étaient déjà formés dans la salle. Il passa pour saluer tout le monde et arriva enfin au groupe où se trouvait Lucile. Il ne voyait qu'elle, n'entendait que son rire qui lui donnait un drôle de sentiment de confiance.

Elle discutait avec plusieurs personnes, mais il ne vit pas Tess. Lucile avait l'air si sûre d'elle, si joyeuse. Il remarqua tout de suite l'homme qui se tenait à côté d'elle et qui la dévorait des yeux. De quel droit cet homme la regardait-il ainsi ? Était-il jaloux ? Non, cela ne lui était jamais arrivé et n'arriverait jamais !

Alors qu'il en était là de ses réflexions, l'une des jeunes femmes de ce groupe se tourna vers lui et lui prit le bras en lui souriant. Son assistante murmura derrière lui :

— Gloria, de New York.

— Bonjour, Gloria, comment allez-vous aujourd'hui ? lança-t-il comme s'il la reconnaissait. Nous sommes très heureux que vous ayez pu venir de si loin.

— Je n'aurais manqué cela pour rien au monde. Vous revoir est toujours un plaisir, Monsieur Cooper.

Cette jeune femme lui faisait du charme et cette main posée sur son bras lui déplut. Que lui arrivait-il ? Depuis quand être touché par une si jolie femme ne l'intéressait plus ?

Il surprit le regard que Lucile posa sur eux et s'en voulut tout de suite. Pourquoi cette culpabilité ? Il ne faisait rien de mal.

— Marco, de San Diego, lui murmura son assistante alors qu'il se tournait justement vers l'homme qui convoitait Lucile.

— Bonjour, Marco, pour vous le voyage a été un peu moins long, dit-il dans un sourire qui fit rire tout le petit groupe.

Lucile rit aussi, mais son sourire n'atteint pas ses yeux, elle était troublée, il le voyait bien, mais par quoi ?

Avant que son assistante n'ait pu dire quoi que ce soit, il se tourna vers elle en lui tendant la main.

— Bonjour, Lucile, comment allez-vous ?

Il remarque le regard surpris de son assistante et trouva le besoin de se justifier.

— Nous nous sommes vus, il n'y a pas si longtemps lorsque j'ai testé votre restaurant.

Elle lui serra la main, et il exerça une légère pression qui la fit rougir.

— Je suis jalouse, Monsieur Cooper, les interrompit Gloria, cela fait très longtemps que vous n'êtes pas venus nous voir, minauda-t-elle en se rapprochant un peu plus de lui.

Cette fois-ci Lucile eut du mal à cacher sa contrariété. Il aurait bien voulu la rassurer, mais ils s'étaient promis de faire comme s'ils n'étaient rien l'un pour l'autre.

Ce fut à ce moment-là que Tess et Etan arrivèrent vers eux, bras dessus bras dessous. Apparemment ils étaient ensemble ; il se souvenait vaguement que Lucile lui avait dit quelque chose à ce propos, mais il n'avait pas vraiment relevé sur le moment. Il devrait parler à son Chef, qu'il ait une aventure avec une autre employée, mais qu'ils ne s'affichent pas devant tout le monde.

Il vit bien le regard de Lucile s'attrister en souriant à son amie. Il avait tellement envie de la prendre dans ses bras, de la rassurer. Que lui arrivait-il ? Son travail était bien plus important que cette fille.

— Maintenant qu'Etan nous honore de sa présence, dit-il d'une voix dure, nous allons pouvoir commencer.

Il partit vers l'estrade sans avoir lancé un dernier regard vers Lucile, mais celle-ci semblait disposée à regarder ses pieds. Il monta sur l'estrade et tout le monde commença à prendre un siège.

Lucile n'était pas loin, entourée de Tess et de ce Marco qui devait lui raconter quelque chose d'amusant puisqu'il la vit rire.

— Quand tout le monde sera prêt, je pourrai commencer.

Quand il obtint enfin le silence, il ajouta :

— Merci à vous tous d'être là aujourd'hui. Certains viennent de loin, et je leur en suis encore plus reconnaissant. Ce séminaire est le premier que nous inaugurons, et nous espérons que vous trouverez des réponses dans les interventions successives qui vous apporteront des conseils sur comment gérer votre établissement. Je suis fier du chemin que nous avons parcouru jusqu'à aujourd'hui. Si cette chaîne est un succès, c'est grâce à vous tous et à vos équipes.

Voilà, là il était sur un terrain qu'il connaissait, qu'il maîtrisait. Il fallait juste qu'il se reprenne. Son histoire avec Lucile était quelque chose qu'il pouvait maîtriser aussi. Ce n'était qu'une aventure qui passerait dans quelque temps.

*

Lucile retrouva Tess à midi pour manger dans la grande salle de réception. Les plats étaient ceux que les chefs avaient concoctés toute la matinée avec Etan, et qui apparaîtraient bientôt sur leur carte.

Elle venait de passer la matinée à écouter des intervenants très intéressants qui lui avaient donné plusieurs clés pour diriger son restaurant. Elle avait sympathisé avec plusieurs personnes, dont Marco qui était très gentil et amusant.

Se retrouver dans la même pièce que Grant sans pouvoir le toucher était un supplice. Elle n'avait pas pensé que cela serait si dur. Il était à l'aise avec tout le monde, donnait quelques attentions à chacun. Il la traitait de la même manière que les autres, mais elle s'en voulut d'en vouloir plus.

Gloria, la jeune femme qui venait de New York avait définitivement jeté son dévolu sur lui et elle ne s'en cachait pas. Elle en avait parlé plusieurs fois avec elle, et Lucile s'était sentie tellement mal à l'aise.

Puis, pour être franche, Gloria ressemblait plus au style de femme avec qui sortait Grant habituellement. Elle n'était pas très grande, mais sa silhouette était parfaite, et elle avait les manières qu'ont les gens qui ont toujours vécu avec de l'argent. Voir la jeune femme flirter avec Grant avait été une épreuve. Il était évident qu'il ne resterait pas longtemps avec elle, il retrouverait bientôt son monde, où elle n'avait pas sa place.

Elle avait essayé de rester concentrée toute la matinée, mais il revenait dans chacune de ses pensées. Dès qu'elle entendait quelque chose d'intéressant, elle se disait qu'il faudrait qu'elle lui en parle.

Quand elle avait vu Tess et Etan arrivés ensemble, en montrant au monde entier qu'ils étaient un couple, elle avait senti une petite pointe de jalousie. Elle était heureuse pour son amie, mais elle aurait tellement voulu vivre la même chose avec Grant. Elle devait arrêter de se faire des illusions, leur histoire ne sortirait jamais de sa maison.

— Alors, comment c'était pour toi, ce matin ? demanda son amie, la sortant de ses sombres pensées.

Elles s'installaient à une grande table avec leur assiette. Lucile but une grande gorgée d'eau, mais en voyant Grant apparaître dans la salle, elle aurait bien pris quelque chose de plus fort.

— Très bien, j'ai appris pas mal de petits trucs pour manager l'équipe, et toi ?

— Super ! Les nouveaux plats sont à tomber et savoir que c'est mon homme qui a participé à leur conception me remplit de fierté.

— Vous avez l'air bien ensemble.

— Ne le répète à personne, chuchota son amie en rougissant, mais je crois que je suis en train de tomber amoureuse.

— Mais c'est super ! Je suis tellement contente pour toi, fit Lucile sincèrement.

— Et toi ? Avec notre beau gosse de patron ?

Lucile regarda autour d'eux pour voir si personne ne pouvait les entendre, mais la foule était encore autour du buffet.

— Nous, tu sais, ce n'est qu'une aventure ! Aucune promesse et beaucoup de sexe, essaya-t-elle de plaisanter.

Tess la regarda sérieusement.

— Mais ce n'est pas ce que tu veux, n'est-ce pas ?

— Si ! Cela me convient très bien, rassura-t-elle son amie.

— Tes sentiments sont marqués au milieu de ta figure, Lucile !

— Cela se voit tant que ça ? demanda-t-elle soudain inquiète que quelqu'un d'autre ait pu s'en rendre compte.

— Chut ! dit Tess en posant sa main sur la sienne. C'est juste parce que moi, je te connais bien.

Elle n'eut pas le temps de répondre que Marco, Gloria et leur Chef s'installaient à leur table. La discussion fut joyeuse et animée, mais Lucile n'arrivait pas vraiment à se concentrer. Elle ne faisait que penser à Grant en le regardant passer de table en table.

Mais à qui était-elle en train de mentir ? Qu'est-ce qu'elle était en train de se faire ? Cette jolie parenthèse devait cesser au plus vite, où elle ne s'en remettrait pas. Malheureusement, c'était bien plus facile à dire qu'à faire ; elle n'aurait jamais le courage de le quitter.

Quand elle le vit arriver vers leur table, elle préféra partir prétextant un appel à donner auprès de ses collègues. Elle ne voulait pas prendre le risque que quelqu'un d'autre voit ses sentiments. Elle le vit froncer les sourcils devant son départ.

Alors qu'elle arrivait dans le couloir, elle s'appuya contre le mur pour reprendre sa respiration. Elle avait l'impression qu'elle venait de passer de longues minutes en apnée.

Soudain la porte de la salle s'ouvrit, et elle vit Grant qui la cherchait du regard. Il s'approcha d'elle en vérifiant autour d'eux qu'ils étaient bien seuls. Cela lui déchira un peu plus le cœur. Oui, ils avaient convenu de faire semblant de ne pas se connaître, mais elle avait espéré secrètement qu'il serait un peu plus doux avec elle. Elle avait l'impression qu'il avait honte d'elle.

Quand il fut à quelques centimètres d'elle, il mit les mains dans les poches de son pantalon coûteux et l'observa en silence.

— Tu vas bien ? demanda-t-il de sa voix si douce.

Elle n'arriva pas à répondre, les larmes menaçaient de couler, et elle fit un gros effort pour les retenir. Il lui caressa la joue, et soudain, n'y tenant plus, l'attira à lui pour l'embrasser. Elle se laissa faire, elle avait tellement besoin de lui, de sa force. Leur baiser devint vite intense et affamé.

C'est lui qui recula en premier ; elle n'était de toute façon pas en état de lui résister, comme d'habitude. Il soupira et lui prit la main la forçant à le suivre, elle n'opposa aucune résistance.

Elle reconnut l'étage de son bureau, quand ils y entrèrent, il la conduisit jusque vers le canapé sur lequel il s'assit et l'attira sur ses genoux.

— J'ai eu tellement envie de te prendre dans mes bras à chaque fois que je te voyais, murmura-t-il à son oreille.

Il lui caressait les cheveux, tout en la serrant contre lui. Elle se sentait tellement mieux, tellement à sa place. Il allait falloir arrêter cette histoire rapidement, elle prenait de plus en plus goût à lui et à la sécurité qu'il lui apportait. Cette sécurité qu'elle n'avait plus eue depuis qu'elle était partie du Manoir.

— Tu es sûr que Gloria ne t'a pas envoûté ? fit-elle en souriant.

— Et toi avec Marco ? Tu crois que je n'ai pas vu les regards qu'il te jetait ? dit-il d'une voix dure.

Était-il jaloux ? Lui aussi ressentait-il le même sentiment de propriété envers elle ? Elle reposa la tête sur son torse, entendant les battements de son cœur.

— On va devoir y retourner, dit-il doucement.

— Je sais...

— Mais on se retrouve ce soir, pour un week-end à nous deux, sourit-il en lui relevant le menton.

Il déposa un baiser plein de douceur sur ses lèvres. Ils se remirent en marche jusqu'aux ascenseurs. Avant que les portes ne s'ouvrent, il la colla contre la paroi et l'embrassa passionnément.

— Il n'y a que toi dont j'ai envie, n'en doute jamais, murmura-t-il.

Elle retrouva sa tablée comme si de rien n'était. Tess la scruta un moment, mais ne dit rien. Grant vint à leur table demander si tout se passait bien et en profita pour poser sa main sur son épaule qu'il serra doucement. Cette position était parfaite, elle ne le regarderait pas avec des yeux langoureux qui pourraient être surpris par quelqu'un d'autre.

Le reste de l'après-midi passa très vite, et ils se dirent tous au revoir avec les autres managers. Elle ne revit pas Grant, mais cela lui allait parfaitement. Elle avait besoin de ces quelques heures avant leur week-end pour réfléchir à ce qu'elle allait faire d'eux.

Sa raison lui dictait d'arrêter tout de suite cette histoire qui risquait de la détruire, mais son cœur avait un tout autre discours et ne voulait pas se passer de chaque minute avec lui.

*

Grant attendait Lucile devant le restaurant ; elle devait finir dans quelques minutes. Il était déjà vingt-deux heures ; ils seraient au manoir dans un peu moins d'une heure. Il avait toujours hâte de se retrouver seul avec elle.

Il était surpris, normalement ses conquêtes perdaient de leur attrait au bout de quelques jours. Il ne faisait jamais durer les choses, sachant que rien n'était possible, et parce qu'il n'en avait jamais eu particulièrement envie. Mais avec Lucile, tout était différent.

Ils venaient de passer la semaine à se retrouver dès que leur travail était fini, et les nuits qu'ils passaient ensemble étaient merveilleuses. Malgré son inexpérience sur ce terrain, elle était passionnée dans leurs ébats. Elle apprenait vite et savait exactement comment le rendre fou.

Pourtant il aurait dû arrêter toute cette histoire le lendemain. À quoi jouait-il ? Il n'arrivait juste pas à se passer d'elle et de son corps. Et puis, ils discutaient ensemble, riaient, partageaient des moments de complicité qu'il n'avait jamais vécus avec d'autres.

Le séminaire d'aujourd'hui avait été un franc succès. Tous ses managers avaient été ravis et les intervenants avaient été parfaits.

Pourtant, il n'était pas satisfait, il avait senti le trouble de Lucile et l'avait suivie, prenant le risque de se faire voir. Alors même que c'est lui qui lui avait dit qu'ils devaient être discrets, il n'avait pas résisté à l'embrasser dans le couloir, où n'importe qui aurait pu passer. Mais elle avait l'air si perdue, si fragile.

Lui faisait-il vraiment du bien ? Il ne voulait pas la faire souffrir. Il avait également l'impression qu'elle s'éloignait de lui et cela lui était intolérable.

Il l'avait invitée à passer le week-end au Manoir sans vraiment réfléchir. Il voulait se retrouver seul avec elle, dans un endroit qui changeait de chez elle. Il aurait pu l'emmener chez lui, dans son appartement, mais aucune femme n'y allait jamais, à part Sophie.

Contrairement à ce qu'il pensait, il avait dû la convaincre de venir au Manoir. Elle avait paru réticente et mal à l'aise. Était-ce les souvenirs heureux avec sa mère qui l'effrayaient ? Ou y avait-il autre chose ? Souvent, il avait l'impression qu'elle lui cachait quelque chose. Peut-être imaginait-il toutes ces choses ?

Il la vit arriver vers lui tandis qu'elle disait au revoir à une des serveuses qui lui jeta un regard curieux. Il n'avait pas pensé que leur relation pourrait être connue de tous. Ils ne sortaient jamais de chez elle, à part le soir où il l'avait invitée sur la plage. Il ne souhaitait pas que les médias la prennent pour cible. Lucile aimait les choses simples, et il était sûr qu'elle n'aurait pas apprécié d'être la cible des paparazzis.

Dès qu'elle fut près de lui, il la prit dans ses bras et l'embrassa. Déjà son corps se détendait à son contact.

— Prête pour un retour dans le passé ? lui demanda-t-il dès qu'ils furent assis dans la voiture.

— Oui, bien sûr ! répondit-elle d'une voix sans joie.

— Tout va bien ?

— Excuse-moi ! Je suis juste fatiguée, le service a été long. Je suis enchantée de revoir le Manoir.

Il mit de la musique douce et lui prit la main.

— Tu peux dormir un peu si tu veux, nous y serons dans une heure.

— Si je m'endors maintenant, je ne dormirai plus cette nuit !

— C'est bien ce que j'attends de toi ! dit-il avec son plus beau sourire.

Elle éclata de rire et il se détendit tout de suite. Il avait envie qu'elle passe un bon moment, qu'elle se sente bien avec lui, qu'elle soit heureuse.

Quand il y repensait, il avait toujours été très égoïste avec les femmes qu'il avait connues. Il prenait soin d'elles au lit, mais après c'était lui qui passait avant tout. Alors qu'avec Lucile, elle passait en priorité, avant lui. Il essayait de ne pas réfléchir à tout ce que cela impliquait. Il n'avait de place pour elle que pour un court temps, un point c'est tout.

Il la regarda et vit qu'elle dormait. Elle était toujours aussi belle, il l'avait observée souvent pendant qu'elle sommeillait pendant toute cette semaine. Elle semblait si apaisée.

Quand ils arrivèrent au Manoir, il s'arrêta devant le perron et se pencha doucement pour la réveiller. Il lui caressa la joue, elle ouvrit les yeux en battant des cils et lui sourit, de ce sourire qui le renversait à chaque fois.

— Nous sommes arrivés !

— Déjà ? Excuse-moi je suis fatiguée en ce moment !

— Je me demande bien pourquoi ? répondit-il avec un sourire triomphant.

Alors qu'ils descendaient de la voiture, Lucile l'interrogea du regard en prenant son sac.

— Où allons-nous dormir ?

— Je propose un endroit neutre : une chambre d'amis !

Elle sembla déçue et jeta un coup d'œil vers la grande dépendance où elle avait vécu avec sa mère quand elles habitaient ici. Il s'approcha d'elle et la prit par la taille.

— Veux-tu que nous dormions dans la dépendance ? J'avais peur que cela ne soit trop dur pour toi, mais c'est toi qui choisis.

— Non, tu as raison ! Je ne suis pas sûre que ce soit une bonne idée, en effet. Merci d'y avoir pensé.

Elle se serra contre lui. Il ne voulait pas qu'elle soit triste. Il la prit alors dans ses bras et la porta jusqu'à la maison principale. Elle riait contre lui, voilà exactement ce qu'il voulait.

— Et les sacs ?

— J'irai les chercher plus tard. Pour le moment, j'ai d'autres projets pour vous, Mademoiselle Ridgewood.

— Et mon pyjama ? dit-elle dans un sourire provocant.

— Oh, tu n'en auras pas besoin, je te l'assure.

— C'est dommage, j'avais justement acheté une très jolie nuisette pour toi !

Il grogna. Elle avait une collection de dessous et de nuisettes plus sexy les uns que les autres.

— Je la verrai plus tard ! Pas le temps d'y retourner…

Il avait trop hâte de se retrouver contre elle, en elle. La maison avait été ouverte par la gouvernante à qui il avait envoyé un message un peu plus tôt. Il se dirigea directement dans la chambre d'amis qu'il avait sélectionnée pour sa salle de bain personnelle et le grand lit. Il referma la porte sur eux, concentré sur le plaisir qu'il voulait lui donner.

*

Lucile ouvrit les yeux et vit que le jour commençait à se lever. Grant était allongé contre elle, un bras possessif passé autour de sa taille. Son cœur se déchaînait toujours dès qu'elle posait les yeux sur lui. Et endormi, il était tout simplement craquant. Il était si doux, si prévenant.

Les sentiments qu'elle essayait d'éteindre ne faisaient que se renforcer. La séparation serait difficile, elle n'était même pas sûre de vraiment s'en remettre un jour. Pourtant, elle s'y préparait tous les jours un peu plus.

Il avait dû sentir qu'elle était réveillée, car il ouvrit les yeux à cet instant et se serra un peu plus contre elle.

— Bonjour, vous, lui murmura-t-il en déposant un baiser dans ses cheveux.

— Salut, toi !

— Hum, j'adore cette nouvelle nuisette, dit-il en caressant le tissu de soie.

Il commença à lui mordiller le cou, mais elle le retint. Il la regarda surpris.

— J'ai d'autres projets pour nous ! répondit-elle à son regard.

— Quel projet pourrait être meilleur que celui que j'ai en tête ?

Il continua l'exploration de son cou vers ses épaules, et déjà elle sentait sa détermination faiblir. Comme à chaque fois qu'il la touchait, elle oubliait tout. Tout ce qui les séparait, tout ce qu'elle gardait pour elle.

Elle se leva soudain en riant.

— Allez, Monsieur Cooper, debout ! Nous allons aller faire une promenade.

— Quoi ? À cette heure-ci ?

— J'ai envie d'aller marcher dans le jour qui se lève, de retrouver ce Manoir quand il est le plus beau.

Il soupira en se recouchant, vaincu.

— Ok ! Mais après, journée au lit !

— Promis !

Tout ce qu'il voudrait ! Mais là, elle avait envie de prendre l'air, de marcher avec lui dans ce jardin où ils avaient grandi, de retrouver les endroits secrets où ils inventaient à chaque fois de nouvelles aventures toujours plus intrépides, de retrouver les moments les plus heureux de son enfance.

Après s'être habillés, sans avoir dû échapper à la caresse de ses mains un nombre incalculable de fois, ils sortirent dans le matin.

Une brume commençait à se lever et les premiers rayons du soleil illuminaient le réveil de la nature. Il faisait doux et le chant des oiseaux les accompagnait sur le chemin qu'ils avaient emprunté.

Le Manoir se situait à Cataract Fall et était entouré de plusieurs hectares de jardin et de forêt de séquoias, ces arbres géants, vieux de centaines d'années. On trouvait de grandes et magnifiques cascades d'eau dans ces bois. De grands chemins de randonnée connus parcouraient ces paysages.

Grant lui tenait la main, et ils marchèrent dans un silence bienheureux. Voilà la vie qu'elle avait rêvé de vivre avec lui quand elle était adolescente, et qu'elle adorerait vivre maintenant, même si elle savait que ce n'était qu'un fantasme.

Ils s'arrêtèrent dans une clairière ensoleillée et s'assirent sur de gros rochers qui se trouvaient au milieu. Grant la prit dans ses bras et la tint sur ses genoux. Il ne parlait pas, lui non plus, où étaient ses pensées ? Comment voyait-il leur relation ? Parfois elle se mettait à espérer qu'il puisse avoir des sentiments pour elle, qu'il veuille vivre autre chose qu'une simple passade avec elle. Il ne lui parlait jamais d'amour, mais ne lui mentait pas sur le désir permanent qu'elle lui inspirait.

— Je suis bien avec toi ! Tu avais raison, sortir à cette heure est parfait.

Il ajouta après un silence.

— Après votre départ, l'ambiance à la maison s'est dégradée. C'est surtout mon père qui a changé, il ne parlait plus. J'ai bien essayé de l'intéresser par mes études et par mes réussites sportives, mais plus rien n'attirait son attention. J'ai beaucoup souffert de cette distance qu'il a mise entre nous. J'étais un jeune homme et j'avais besoin de mon père pour me guider.

Elle se serra un peu plus contre lui, ravalant les mots qui avaient voulu sortir de sa bouche.

« Je t'aime. »

Elle allait devoir arrêter cette histoire très vite, si elle ne voulait pas s'humilier devant lui en lui déclarant des sentiments qu'il ne partageait pas.

Son père avait souffert du secret qu'elle portait, et Grant aussi par la même occasion. Elle ne pourrait jamais lui avouer ; leur histoire ne marcherait pas. Elle se sentit infiniment triste.

Il l'embrassa dans ses cheveux et ils repartirent ensemble vers le Manoir. En passant à côté de la dépendance qui avait été sa maison, elle jeta un regard vers l'intérieur. Des draps étaient posés sur les meubles et le canapé, ce qui donnait à la maison un air d'abandon. Il lui sembla voir l'état de son cœur quand elle quitterait Grant. Elle allait vivre chaque moment de ce week-end avec lui, sans penser à la semaine d'après.

Ils rentrèrent dans la maison et elle lui prit la main pour le conduire jusqu'à leur chambre. Il ne dit rien, la suivant en la regardant avec douceur. Elle l'assit sur le lit, lui enleva ses chaussures, déboutonna son jean, tout en l'embrassant. Et quand ce dernier fût enlevé, ainsi que son caleçon, elle s'agenouilla devant lui pour prendre son sexe dans sa bouche. Elle savait maintenant exactement comment l'amener à l'orgasme. Il la souleva soudain et lui enleva son pull, elle n'avait rien mis en dessous, il s'occupa de ses seins pendant qu'elle enlevait son jean. Elle se mit sur lui alors qu'il était toujours assis, le prit en elle doucement, sans le quitter du regard, et commença à onduler sur lui. Il haletait, l'embrassait partout où sa bouche pouvait se poser. Il lui prit les fesses dans ses mains et accéléra le rythme pour les mener à la jouissance. Quand l'orgasme fut passé, ils s'allongèrent sur le lit l'un contre l'autre.

— Du bon air, de l'exercice et la plus belle femme du monde dans mes bras, voilà une matinée qui commence bien, murmura-t-il dans ses cheveux.

— Baratineur ! répondit-elle en riant.

Il se redressa sur un coude et prit son visage dans une main, l'obligeant à le regarder.

— Tu es la plus belle femme que je connaisse, n'en doute jamais !

Et voilà ! Comment pouvait-elle éteindre ses sentiments, calmer son cœur, s'il lui faisait ce genre de déclaration ? Elle ne sut quoi répondre.

— Maintenant, dors ! Et arrête de réfléchir, ton cerveau fait trop de bruit ! dit-il avec le plus merveilleux des sourires en se recouchant contre elle.

Et contre toute attente, elle s'endormit entre ses bras, éloignant les mauvais rêves.

*

Grant se réveilla en entendant du bruit dans la maison. Lucile dormait encore contre lui. Il se leva doucement pour ne pas la réveiller et descendit pour voir ce qu'il se passait.

Quand il arriva en bas des escaliers, il croisa un nombre important de personnes en uniforme qui allaient dans tous les coins de la maison et dans le jardin. Il regarda sa montre, il était midi. Que faisaient tous ces gens dans le Manoir ?

En arrivant dans la cuisine, il trouva la cuisinière, Madame Thurd, en train de donner des ordres à des serveurs.

— Ah ! Grant, comment allez-vous ?

Elle le connaissait depuis qu'il était enfant, elle connaissait d'ailleurs Lucile. Elles seraient très heureuses de se retrouver, il en était sûr.

— Que se passe-t-il ici ?

La gouvernante le regarda d'un drôle d'air, comme si elle ne comprenait pas sa question.

— Nous installons le banquet, les tentes et préparons le buffet !

Il essaya de réfléchir mais ne trouva aucune réponse.

— Et puis-je savoir pourquoi ?

— Aurais-tu oublié l'anniversaire de mariage de tes parents ? demanda soudain la voix de sa mère derrière lui.

Oh non ! Il avait complètement effacé de sa mémoire tout ce qui n'était pas Lucile ces derniers temps. C'est pour cette raison que sa mère avait essayé de le joindre toute la semaine.

Sa mère avança vers lui et l'embrassa rapidement sur la joue. Elle n'avait jamais été une mère poule, toujours très distante, très stricte sur leur rang à tenir.

— Nous attendons une centaine d'invités aujourd'hui, dont tes amis, continua-t-elle sur le même ton réprobateur. Tu n'as répondu à aucun de mes appels.

— J'étais occupé.

— Encore cette histoire de cuisine ? demanda-t-elle dédaigneusement.

— Maman, cette histoire de cuisine vaut actuellement quelques millions de dollars sur le marché !

Sa mère fit un geste de la main, comme pour chasser une mouche. Il n'allait pas encore essayer de convaincre sa mère, il avait abandonné il y a longtemps. Il pensa soudain à Lucile. Il devait aller la retrouver avant qu'elle ne se réveille. Comment allait-elle prendre tout cela ? Évidemment, ils ne pourraient pas apparaître tous les deux comme un couple devant ses parents et leurs amis.

Une migraine commença déjà à arriver. Comment allait-il se sortir de tout cela ?

Il monta à l'étage en courant et trouva Lucile debout devant la fenêtre, regardant le ballet d'ouvriers montant les barnums, installant les tables.

— Que se passe-t-il ? demanda-t-elle interrogative.

— Il se trouve que j'ai un peu oublié la fête d'anniversaire de mariage de mes parents.

— Quoi ? Tu as oublié ? cria-t-elle.

Il s'avança vers elle, mais elle l'arrêta de la main.

— Grant, je n'ai rien à faire ici ! Je dois partir, et le plus discrètement possible.

— Enfin, Lucile ! Bon, ok, nous pensions passer un week-end tranquille tous les deux, mais je ne peux pas ne pas assister à leur fête d'anniversaire.

— J'en suis persuadée, c'est pourquoi *je* dois partir, pas toi !

— Lucile, s'il te plaît, je suis sûr que mes parents seront très contents de te revoir. Et puis, je n'ai pas envie que tu partes.

Il se passa la main dans les cheveux nerveusement. Il ne savait plus trop où il en était, il aurait dû être rassuré qu'elle veuille partir, lui enlevant une épine du pied. Mais il ne s'y résoudrait pas : il ne voulait pas qu'elle parte.

— Ce n'est pas ma place ! Ils ne se souviennent peut-être même pas de moi.

— Lucile, il y aura Adam, Julian et Sophie !

Il lui prit les mains et la regarda intensément.

— Nous ne pourrons pas nous montrer ensemble, mais je voudrais que tu sois là, s'il te plaît.

Elle sembla réfléchir, hésitante. Il l'attira dans ses bras et murmura :

— Je t'en supplie, Lucile, ces soirées me donnent la chair de poule. Savoir que tu es là m'apportera le soutien dont j'ai besoin.

Il sentit, avant qu'elle le dise, qu'il avait gagné et qu'elle resterait.

— Nous ferons comme si nous étions des amis se retrouvant après de longues années, c'est ça ?

— Oui !

Pourquoi, quand il eût prononcé ce simple mot, sentit-il qu'il avait fait une énorme erreur ? À son regard ? Au sourire factice qu'elle lui donna, mais qu'il reconnut ?

— Très bien, je reste. Mais il y a quand même un autre problème, je dois aller faire des courses, je n'ai rien d'assez habillé.

— Je t'accompagne.

— Non, tu vas t'ennuyer, et je ferai vite.

— Tu ne vas pas t'enfuir ? Laisse-moi au moins payer tes achats.

— Pour qui me prends-tu ? Il est hors de question que tu payes quoi que ce soit !

Il sentait que quelque chose clochait. Pourquoi sentait-il que c'était la fin de leur aventure ? Qu'après demain, tout serait fini ?

Mais non, c'était lui qui déciderait quand cette histoire s'arrêterait, aucune femme ne l'avait jamais quitté auparavant.

Elle s'habilla et il lui tendit les clés de la voiture. Ils réussirent à arriver jusqu'à celle-ci sans que personne ne fasse attention à eux.

— La fête commence à dix-huit heures.

— Je serais là ! Peux-tu mettre mes affaires dans la dépendance, je ne voudrais pas qu'on les trouve dans ta chambre.

— Tu es sûre ?

— Oui !

Et alors qu'elle partait en faisant crisser les graviers, il sut avec certitude que cette soirée serait une des plus dures qu'il aurait à supporter.

*

Lucile se regarda une dernière fois dans le miroir. Cette robe n'était-elle pas trop osée ? Elle avait choisi une robe dans les tons beiges, avec le dos nu qui s'attachait au niveau du cou. Elle lui arrivait juste au-dessus des genoux, et Lucile avait pris un châle de la même couleur pour la soirée.

Retrouver la ville où elle avait grandi enfant lui avait donné du vague à l'âme. Beaucoup de nouveaux bâtiments étaient apparus, mais le centre-ville n'avait pas vraiment changé. Elle avait flâné dans les rues, passant devant son ancien lycée, prenant un café à la terrasse du lieu où tous les jeunes se retrouvaient après les cours.

Elle était fière du parcours qu'elle avait accompli, mais pourtant, retrouver cette ville lui rappelait tellement son innocence, quand elle pensait encore que tout était possible, avant que sa vie ne prenne ce tournant si dramatique.

Quand elle était rentrée dans cette dépendance, elle n'avait pu s'empêcher de verser une larme. Pourtant, Grant avait fait découvrir tous les meubles des draps qui les protégeaient. Il avait même demandé que l'on allume un feu dans la petite cheminée. L'endroit avait repris vie, comme avant. Toutes ces années de bonheur avec sa mère l'avaient prise à la gorge. Elle lui manquait, terriblement, surtout maintenant qu'elle aurait eu besoin de quelqu'un à qui se confier, à qui poser des questions.

Elle repensa à Grant. Encore une fois, elle n'avait accepté d'être là uniquement pour lui, parce qu'il avait su la toucher par son besoin d'elle.

Était-elle folle de rester ici ? Bien sûr, mais pour lui, elle prendrait tous les risques.

Elle ne l'avait pas revu depuis qu'elle était partie acheter sa robe, elle lui avait envoyé un SMS pour lui dire qu'elle était rentrée, et il lui avait répondu qu'il viendrait la chercher un peu plus tard.

Comment allait-il se comporter avec elle devant ses amis, sa famille ? Il lui avait demandé de cacher leur aventure, elle aurait dû en être contente, surtout avec le secret qu'elle détenait. Mais pendant quelques instants, encore une fois, elle avait rêvé qu'il montre au monde entier qu'ils étaient ensemble. Il ne l'avait jamais emmenée chez lui, jamais emmenée dans un lieu public où ils auraient pu être vus ensemble.

Finalement, à part le séminaire où ils étaient apparus en public, mais en cachant encore une fois leur relation, ils restaient chez elle, pour faire l'amour, mais ne partageaient rien d'autre.

Oh ! Elle n'avait aucune envie d'apparaître dans les journaux comme la nouvelle conquête de Grant, mais elle aurait aimé qu'il lui fasse un peu plus partager sa vie.

On tapa à la porte et elle se précipita pour aller ouvrir, le cœur battant. Elle avait tellement hâte de le retrouver.

Quand elle ouvrit la porte, elle fut extrêmement déçue. Julian était là, beau comme un Dieu dans un costume sombre.

— Bonsoir, Lucile, dit-il de sa voix chaude. Je serais ton cavalier pour la soirée. Tu es magnifique.

— Merci, Julian, laisse-moi deux minutes pour que je prenne mon châle.

« Et que je me remette de ma déception », pensa-t-elle. Elle pensait que Grant viendrait tout de même la chercher. Il n'y avait rien de mal à accompagner une amie. Elle allait devoir jouer ce rôle pendant toute une soirée, en serait-elle capable ?

Alors qu'ils marchaient tous les deux après que Julian lui ait offert son bras, il ajouta tout bas :

— N'en veux pas à Grant ! Il va être très pris pendant cette soirée. C'est lui qui m'a demandé de prendre soin de toi ce soir.

— Je comprends.

Ils croisaient beaucoup de monde et son angoisse augmenta en voyant la file qui s'était formée pour saluer les hôtes de cette soirée.

— Tout va bien se passer ! murmura Julian à son oreille alors qu'ils n'étaient pas loin de Grant et ses parents

Sa nervosité se voyait-elle tant que cela ? Elle lui sourit pour le remercier, incapable d'émettre le moindre son. Elle profita de ce que le couple devant discute avec les parents de Grant pour les observer.

Ses parents n'avaient pas vraiment changé, un peu vieilli, mais elle les aurait reconnus dans la rue si elle les avait croisés. Grant, à leurs côtés, était encore une fois tellement beau. Il portait un pantalon noir et une chemise blanche, les manches retroussées sur ses bras musclés.

Le désir qu'il lui inspirait lui coupa le souffle. Comment pouvait-elle seulement imaginer le quitter ? Elle n'en aurait jamais la force.

Leur tour arriva et Julian prit les commandes. Il serra la main de Grant et de son père, embrassa la joue de sa mère.

— Tu nous amènes une de tes nouvelles amies ? demanda cette dernière en la détaillant du regard.

— Je vous présente Lucile Ridgewood.

Devant l'air effaré des Cooper, elle ne sut pas trop comment réagir.

— Bonsoir, Monsieur et Madame Cooper. Je suis très heureuse de vous revoir, votre Manoir n'a pas changé, il est toujours aussi beau.

Un silence tendu suivit sa déclaration. La mère de Grant la regardait choquée et peut-être même dégoûtée, quant à son père il semblait sonné sans pouvoir la quitter des yeux. Grant vint à son secours, si l'on peut dire.

— Lucile, nous sommes très heureux de vous revoir, dit-il en lui prenant la main et en la serrant.

Ses yeux ne la quittaient pas, excepté quand ils descendirent sur sa tenue, son regard s'assombrit. Elle le connaissait maintenant assez bien pour savoir qu'il avait envie d'elle.

Comment pouvait-il lui faire cela maintenant ? Il la traitait comme s'il venait juste de la retrouver. Ils avaient convenu de n'être que des amis à cette soirée, mais pas qu'ils venaient juste de se rencontrer.

Et la déshabiller du regard alors que la situation était plutôt tendue, vu la tête que faisaient encore ses parents, était déplacé.

Julian l'attira à nouveau à lui sous le regard contrarié de Grant.

— À tout à l'heure ! dit-il.

Ils s'éloignèrent vers le buffet.

— Plutôt tendue comme rencontre !

Lucile éclata de rire devant son air taquin. Il savait détendre l'atmosphère quand il le fallait. Il lui prit une coupe de champagne qu'il lui tendit et en prit une deuxième pour lui. Ils trinquèrent ensemble et continuèrent à marcher pendant qu'il la présentait à un grand nombre d'invités.

Le jardin, dans lequel elle avait marché seule avec Grant ce matin, était magnifique et arborait de grands barnums qui abritaient buffets gigantesques, tables pour s'asseoir, estrade pour danser avec son orchestre. Des lampions éclairaient toutes les tentes.

Finalement, ils retrouvèrent Adam et Sophie près d'un des buffets. Sophie lui sauta dans les bras, elle en fut touchée.

— Tu es très belle, Lucile ! Comment vas-tu ? Il faut que tu me racontes tout. Adam et Julian m'ont parlé de toi et de Grant.

Devant la rougeur qui éclaira ses joues, Sophie précisa en murmurant :

— De votre travail, Lucile.

Sophie voyait-elle ce qu'elle essayait de cacher ? Était-elle au courant de leur relation ? Elle observa Sophie qui était toujours aussi magnifique que quand elles étaient jeunes. Blonde, grande, avec ce petit truc qui montrait qu'elle faisait partie de la bonne société. Rien n'était jamais de travers chez elle.

Elle discuta un moment avec les amis de Grant, se détendant enfin depuis que cette soirée avait commencé.

Elle vit Grant arriver vers elle et saluer beaucoup de monde au passage, mais son regard revenait toujours sur elle. Elle se sentait comme une biche prise dans les phares d'une voiture. Elle savait qu'il fallait qu'elle fuie, mais elle restait paralysée. Encore une fois, c'est Julian qui la secourut.

— Et si nous allions danser ?

Elle le regarda en clignant des yeux, essayant de revenir au moment présent.

— Oui, je te suis.

Il fallait qu'elle arrive à ne plus se faire prendre par le magnétisme de Grant. Alors qu'ils marchaient vers la piste de danse, ils le croisèrent. Il lui attrapa le bras.

— Où vas-tu ?

Elle retira son bras, le plus discrètement possible.

— Danser avec Julian. Tu n'as pas quelqu'un à aller saluer ?

Il passa la main dans ses cheveux, il était nerveux. Elle s'en voulut d'être aussi froide et faillit craquer pour se jeter dans ses bras, mais Julian la retint. Non, bien sûr, il avait raison, pas ici !

— Julian, que fais-tu ? demanda soudain Grant d'une voix dure.

— Je prends soin de Lucile, comme tu me l'as demandé.

Les deux hommes s'affrontèrent du regard, elle ne pouvait pas les laisser se disputer pour elle.

— Grant, nous nous voyons plus tard, dit-elle en lui prenant la main pour l'apaiser.

Elle dut réussir, car il lui sourit de ce sourire qu'il n'avait que pour elle. Enfin, l'espérait-elle ! Il recula d'un pas mais murmura :

— Nous danserons aussi, cela je te le promets !

Elle n'avait aucun doute là-dessus et elle lui céderait comme d'habitude, à ses propres risques.

Quand ils furent sur la piste de danse et que Julian l'entraîna dans une valse qui la fit tournoyer, elle l'interrogea :

— C'est très gentil de prendre soin de moi, mais, tu sais, tu n'es pas obligé.

— Lucile, je suis avec une des plus belles femmes de la soirée à mon bras. Crois-tu que ce soit vraiment une corvée ? dit-il dans un sourire.

Elle se détendit un peu, mais croisa le regard de la mère de Grant. Elle n'avait pas l'air du tout heureuse de la voir ici, et le pire, c'est qu'elle ne pouvait vraiment pas lui en vouloir. Elle la comprenait tant. La soirée se terminerait bientôt pour elle et elle rentrerait chez elle, seule.

V

Grant ruminait en arrivant vers Adam et Sophie. Rien ne se passait comme il l'avait cru. Bien sûr qu'il avait demandé à Julian de prendre soin de Lucile, parce qu'il savait pouvoir lui faire confiance. Mais à son goût, il prenait un peu trop à cœur son rôle avec Lucile.

Adam lui tapa dans le dos.

— Eh bien, tu en fais une tête ! Que se passe-t-il, Grant ?

— Rien ! répondit-il alors qu'il ne quittait pas des yeux Lucile et Julian en train de danser.

— Serais-tu jaloux ? demanda Sophie.

Comment pouvait-il parler de ce qu'il ressentait avec Sophie ?

Encore une fois, était-il jaloux ? C'était un sentiment qu'il ne connaissait pas ; était-ce cela la jalousie ? L'envie d'arracher Lucile aux bras de Julian et de l'emmener loin d'ici pour n'être qu'avec elle ?

L'attitude de ses parents quand ils l'avaient reconnue lui avait semblé étrange. Sa mère n'avait pas l'air heureuse de la voir et son père qui ne parlait déjà pas beaucoup était entré dans un mutisme total. Que se passait-il entre ces trois-là ? Il sentait qu'on lui cachait quelque chose et cela l'agaçait de ne pas comprendre. Il leur parlerait après cette fête.

En attendant, Adam et Sophie l'observaient, il fallait qu'il réagisse s'il ne voulait pas leur laisser penser qu'il éprouvait autre chose que du désir pour Lucile. Éprouvait-il quelque chose de plus ?

— Enfin, Sophie, je ne m'attache à aucune femme !

— Je ne t'en voudrais pas si tu changeais d'avis, dit-elle en lui prenant la main et en le regardant intensément.

Lucile et Julian revinrent à ce moment-là de leur danse, leur regard fixé sur ses mains jointes avec celles de Sophie. Il vit une lueur de tristesse dans les yeux de Lucile, il retira sa main prestement ne pouvant en supporter davantage.

Il la prit par la taille avec détermination et la conduisit vers la piste de danse, le seul endroit où il pourrait la serrer contre lui sans que cela ne semble bizarre à personne.

Il l'attira à lui brusquement, et alors que leurs deux corps entraient en contact, il sentit sa colère s'apaiser instantanément. Seule Lucile avait cet effet sur lui ! Elle posa sa tête contre son torse et se laissa guider par la musique en fermant les yeux. Il embrassa ses cheveux le plus discrètement possible.

— Je suis tellement bien contre toi, lui murmura-t-il.

Elle ne répondit pas, mais ouvrit les yeux pour les plonger dans les siens. Qu'y vit-il ? De la tristesse, de la colère, un secret ? Ils restèrent un long moment dans cette position, oubliant tout ce qu'il y avait autour d'eux. Il voulut l'embrasser et se pencha doucement, attiré par ses lèvres, elle ne résistait pas.

Soudain, Adam arriva dans son champ de vision.

— C'est à mon tour de danser avec Lucile !

À son regard, il comprit qu'ils s'étaient totalement laissé aller sur cette piste de danse devant tout le monde. Adam venait de leur sauver la mise. Ils eurent du mal à s'écarter l'un de l'autre, à revenir à la réalité. Il lui fit un baise-main, mais quand il vit les larmes qui faisaient briller ses yeux, il se maudit de tous les maux. Il faillit la reprendre dans ses bras et l'emmener loin comme il en avait eu envie toute la soirée. Mais Adam la faisait déjà tournoyer loin de lui.

Il fallait qu'il boive quelque chose de fort. Il devait reprendre ses esprits, Lucile lui faisait perdre ses moyens, oublier ses projets. Une femme ne devait pas avoir autant de pouvoir sur lui.

Il prit le verre de whisky qu'il avait demandé au serveur et le but d'un trait, la brûlure de l'alcool lui fit du bien et il en commanda un autre.

— Que fait cette fille ici ? demanda soudain la voix de sa mère derrière lui.

Il ne manquait plus qu'elle.

— Maman, Lucile a été invitée par Julian.

— À d'autres ! J'espère que tu ne seras pas aussi faible qu'a été ton père à l'époque.

Sa mère le fixait de son regard méchant. Qu'avait-elle dit ? Il regarda autour de lui et vit Lucile en train de danser avec son père sur la piste. Sa mère les regardait aussi de son œil mauvais.

— De quoi parles-tu ?

— Je parle de cette liaison qu'il a eue avec sa mère, qui nous a coûté quand même deux cent mille dollars, pour qu'elle garde le silence et qu'elle parte sans esclandre.

Grant fut abasourdi par les mots de sa mère. Son père avait eu une relation avec la mère de Lucile. Il ne pouvait croire à cette aberration. Était-ce pour cela que l'ambiance à la maison s'était dégradée à leur départ ? Était-ce pour cela que son père s'était éloigné de lui ? Qu'il n'avait plus jamais été le même ? Le jeune homme qu'il était à l'époque avait souffert de cette distance que son père avait mise entre eux.

— Reprends-toi, Grant ! Je ne t'ai pas élevé pour que tu finisses par te faire avoir par la fille de la bonne. J'ai bien vu comment tu la regardes, et ne parlons pas de votre petite scène sur la piste de danse.

Une colère sourde l'envahit. Lucile était-elle au courant ? Avait-elle joué avec lui pour obtenir quelque chose, comme l'avait fait sa mère avant elle ?

— Ne t'inquiète pas, maman, je sais où est ma place, et elle n'est pas avec elle ! dit-il d'une voix dure.

— Je suis rassurée, Grant ! Je ne voudrais pas que tu gâches l'avenir qui t'attend avec Sophie. Elle a l'air de partir, et je crois que c'est ce qu'elle a de mieux à faire.

En effet, Lucile était en train de dire au revoir à ses amis. Elle était si belle dans cette robe qui l'avait mis sens dessus dessous. Dès qu'il l'avait vue, il avait eu envie d'elle. Mais n'était-ce que pour l'amadouer et le séduire plus encore ?

Alors qu'elle repartait seule vers la dépendance, il voulut la suivre pour avoir des explications.

Il fut arrêté plusieurs fois sur le chemin par des gens qui l'interrogeaient sur son travail. Il mit une bonne demi-heure pour arriver jusqu'à la dépendance. Mais il n'était pas le seul à l'avoir suivie, comprit-il en restant dans l'ombre pour observer la scène.

*

Lucile était sur la terrasse de la dépendance, le père de Grant face à elle. Cette soirée était une catastrophe, elle aurait dû écouter la petite voix qui lui avait conseillé de partir quand il en était encore temps.

Elle avait surpris Grant tenant les mains de Sophie, ils avaient l'air tellement proches, et Grant avait eu l'air si coupable quand il avait posé les yeux sur elle. Que se passait-il entre ces deux-là ? Quelque chose de plus que de l'amitié, elle en était sûre.

Et cette danse ! Adam les avait interrompus alors qu'ils avaient oublié tout ce qu'il se passait autour d'eux. C'est à ce moment-là qu'elle avait vraiment compris qu'ils n'avaient aucun avenir et que le petit monde merveilleux que Grant avait créé pour eux deux se terminait. Cette danse avec Grant avait été, encore une fois, un moment d'intimité beau et terrible. Réussir à tout oublier dans ses bras ne la sortirait pas de la chute qui s'annonçait. Le voir au milieu de tous ces gens n'avait fait encore qu'accentuer le fait, si elle avait besoin encore de comprendre, qu'ils n'étaient pas du même monde, qu'ils n'évoluaient pas dans les mêmes sphères. Cette douce relation était finie.

Elle avait même failli se mettre à pleurer sur cette piste, heureusement qu'Adam était quelqu'un de joyeux qui avait subtilement changé de sujet et l'avait fait rire en lui racontant quelques anecdotes de son travail dans l'armée.

Et voilà que maintenant elle se retrouvait seule avec le père de Grant.

— Vous n'auriez pas dû venir jusqu'ici, dit-elle dans un souffle.

Danser avec le père de Grant avait été un moment pénible. Il la regardait sans parler, et elle se doutait qu'il voyait sa mère à travers elle.

Elle était fatiguée.

— Lucile, vous ressemblez tellement à votre mère, murmura le père de Grant en s'approchant d'elle. Vous savez à quel point je l'aimais.

— Ce n'est ni le moment ni le lieu pour parler de tout cela.

Devant le regard triste de Monsieur Cooper, elle ne put s'empêcher de vouloir le consoler.

— Elle vous aimait aussi. Jusqu'au bout.

— Tu savais pour nous ? lui demanda-t-il surpris.

— Je vous ai vus lorsque ce soir-là, vous l'avez quittée.

— Je…

— Est-ce que j'interromps quelque chose ? demanda soudain la voix dure de Grant.

« Oh, non ! Pas lui », pensa Lucile en sursautant. Son père eut l'air aussi surpris qu'elle.

— Grant…, commença ce dernier.

— Papa, tais-toi ! Va rejoindre tout le monde, ta place est là-bas et pas ici avec cette…

Il ne finit pas sa phrase, mais son regard glacial ne la quittait pas. Lucile frissonna en le voyant, qu'avait-il entendu ? Elle sentit son cœur se déchirer. Le père de Grant repartit les épaules baissées.

— Donc tu savais ? demanda-t-il.

— Grant…, dit-elle en s'approchant de lui.

— Restes où tu es ! Tu m'as menti, qu'espérais-tu obtenir de moi ? De l'argent comme ta mère ?

De quoi parlait-il ? D'argent ?

— Qu'est-ce que tu racontes ?

— Ne fais pas l'innocente ! Deux cent mille dollars ! Vous avez bien dû vous amuser avec tout cela ! Ta mère est-elle vraiment morte ?

Elle avait l'impression de vivre un cauchemar. Elle ne comprenait plus rien.

— Enfin, Grant, je comprends que tu sois en colère, mais je ne t'ai jamais menti, peut-être juste omis de te dire ce que je savais.

Il fallait qu'elle se contrôle, qu'elle ne se laisse pas gagner par la colère, elle non plus. Si elle voulait sauver le peu de fierté qu'il lui restait.

— Oh oui ! Un détail si insignifiant ! cria-t-il.

— Grant, ce n'était pas mon secret, c'était le leur ! C'était à eux de te le dire, pas à moi !

— Ça t'arrange bien, n'est-ce pas ! Heureusement que je vois maintenant qui tu es vraiment. Tu peux partir tout de suite.

Il la regarda avec un tel dégoût que son cœur explosa en mille morceaux. Alors qu'il lui tournait le dos pour partir, elle s'entendit murmurer :

— Je t'aime.

Il se retourna d'un bloc et la fixa un long moment, puis il éclata d'un rire sans joie. Elle sut alors qu'elle avait perdu. Il s'approcha d'elle, lentement, son regard la caressant. Quand il fut tout près, ses doigts effleurèrent son bras, la faisant frissonner.

— Tu as été une très bonne élève côté sexe, chuchota-t-il, la blessant un peu plus. Mais mon cœur a toujours appartenu à une autre. Oh ! Je ne te l'avais pas dit ! Chacun avait ses secrets, apparemment.

Elle le gifla. Il ne bougea pas d'un cil, la fixant toujours de ce regard froid alors qu'elle sentait les larmes couler sur ses joues. Quelque chose se brisa en elle.

— Je prends mes affaires et je m'en vais.

— Je t'envoie mon chauffeur !

Elle le regarda partir, droit, fier, et elle sut avec certitude qu'elle ne se remettrait jamais de lui.

Une fois son sac fini, elle regarda autour d'elle une dernière fois. La scène qui s'était jouée ce soir était à peu près la même que celle à laquelle elle avait assisté onze ans plus tôt. Le père de Grant avait eu l'air moins triomphant que son fils, peut-être.

Elle marcha sur l'allée en gravier, hors de question d'attendre une minute de plus ici. Une voiture s'arrêta à sa hauteur, la vitre descendit et elle aperçut Julian.

— Monte !

Elle s'installa sur le siège passager et aucun ne parla pendant un moment. Son téléphone sonna et elle vit le numéro de Grant apparaître. Elle hésita un instant, mais finit par décrocher.

— Où es-tu, nom de dieu ? Mon chauffeur ne te trouve pas ! cria-t-il.

— Je me suis débrouillée. Adieu, Grant.

Les larmes coulèrent en silence sur ses joues, mais Julian eut la politesse de ne rien dire jusqu'à ce qu'il la dépose chez elle.

VI

Le lundi matin, Lucile qui n'avait pu trouver le sommeil depuis qu'elle avait quitté le manoir se prépara pour rejoindre le restaurant. Comment allait-elle pouvoir cacher ses yeux rougis ? Comment allait-elle encore pouvoir donner le change ? Elle avait envoyé un SMS à Tess la veille :

« Peux-tu me remplacer ? »

Son amie avait immédiatement répondu :

« Profite de notre beau gosse de patron, je m'occupe du restaurant »

Elle n'avait pas répondu, n'ayant pas eu l'envie de se confier. Elle était restée allongée sur son lit, recroquevillée, alternant crise de larmes et crise de colère. Elle n'avait plus envie de rien, plus envie de continuer.

Oh ! Elle ne se laisserait pas mourir, elle n'en était pas là, mais elle avait juste envie de se mettre sous sa couverture et de n'en sortir qu'après une longue hibernation pour soigner son cœur blessé.

Pourtant, ce matin, elle s'était levée et s'était préparée avec ses automatismes. Elle avait dû passer plus de temps dans la salle de bain pour essayer de camoufler les dégâts.

Elle savait qu'elle devrait parler à Tess, mais le simple fait de penser à Grant lui amena les larmes aux yeux. Non, elle ne devait pas pleurer au risque de gâcher le maquillage qu'elle avait savamment appliqué.

Arrivée au restaurant, elle fit l'ouverture avec une des serveuses. Cette dernière la regarda bizarrement, mais ne dit rien. Elle s'était installée dans son bureau, car il n'y avait pas grand monde ce matin. Un peu de répit ne lui ferait pas de mal avant le service du midi. Elle devait reprendre des forces pour affronter cette journée. Soudain, elle entendit du bruit dans le couloir. Tess arriva en courant.

— Qu'est-ce que tu fais là ? lui demanda-t-elle avec un pauvre sourire.

Tess la regarda longuement sans rien dire et lui tendit le journal. En première page, une photo de Grant et Sophie faisait la une. Le titre ne laissait aucun doute sur ce qu'elle avait déjà compris en voyant la photo. « Le mariage d'amour de deux des plus vieilles familles de San Francisco ». La photo avait été prise à la réception de samedi soir, sûrement après son départ, vu la tête sinistre de Grant. Pour quelqu'un qui ne le connaissait pas, il avait l'air heureux, mais, elle, elle le connaissait trop bien pour reconnaître ses attitudes.

Heureusement qu'elle était assise, car sinon elle se serait effondrée par terre. Son corps se mit à trembler, sa vue se brouilla et elle sentit les larmes qui débordaient déjà sur ses joues. Tess se précipita vers elle et la prit dans ses bras, la berçant doucement pendant qu'elle sanglotait à chaudes larmes, secouée de spasmes.

Alors, c'était Sophie, à qui le cœur de Grant appartenait. Pourquoi personne ne lui avait-il rien dit ? Tout le monde savait, mais on l'avait laissée dans l'ignorance pour que Grant s'amuse une dernière fois.

— Dis-moi qu'hier tu n'étais pas seule chez toi, désespérée ? lui demanda Tess.

— Je vais bien, Tess, essaya-t-elle d'affirmer.

Elle aurait presque pu réussir à la convaincre, s'il n'y avait pas eu ses larmes.

— Nous nous sommes quittés samedi soir. J'avais besoin d'être seule, de digérer tout cela.

— Mais je ne comprends pas ! Vous aviez l'air si heureux tous les deux.

— Cela n'a toujours été que du sexe entre nous !

— Lucile, comme si tu en étais capable ! Mais lui aussi avait l'air d'éprouver des sentiments pour toi...

Tess tournait en rond dans le bureau.

— Son cœur a toujours appartenu à une autre.

— Tu le savais ?

Elle ne put répondre, tant la boule qui s'était formée dans sa gorge l'en empêchait, elle secoua la tête en signe de négation.

— Je vais le tuer, ajouta Tess.

Lucile rit de ces quelques mots et de ce qu'il représentait pour elle. Elle avait peut-être perdu l'amour de sa vie, mais elle avait au moins une amie merveilleuse sur qui compter.

On tapa soudain à la porte et une des serveuses entra :

— Un pli urgent est arrivé pour toi, dit-elle en tendant une grosse enveloppe à Lucile.

Une fois qu'elle l'eut remercié et que la serveuse fut sortie, elle ouvrit l'enveloppe, siglée du logo de la chaîne de restaurants.

Elle lut la lettre et son monde s'écroula à nouveau un peu plus.

Elle était licenciée.

Pour ne pas avoir respecté le règlement en ajoutant des plats à la carte.

Devant son silence, Tess lui arracha la lettre des mains et la lut également.

— Mais il n'a pas le droit de te faire cela ! Lucile, je ne comprends pas ce qu'il se passe. Que s'est-il passé avec Grant ?

— Ma mère a été la maîtresse de son père, je le savais, mais il ne l'a appris que samedi soir.

Tess s'effondra sur la chaise devant elle en soupirant.

— D'accord, mais il ne peut t'en vouloir à toi ?

— Je le comprends, tu sais. Il pense que je l'ai trompé en ne lui révélant pas tout avant. Je ne pouvais pas, ce n'était pas mon secret et je voulais le protéger.

Tess se redressa et recommença à marcher.

— Tu es bien trop gentille, Lucile ! Et que comptes-tu faire maintenant ? Partir sans faire d'histoire ?

— Ai-je un autre choix, Tess ? C'était écrit dans mon contrat, seulement les plats de la chaîne sous peine de licenciement, je ne l'ai pas respecté, j'en paye le prix.

— Eh bien, je ne suis pas d'accord ! Tu payes le prix d'un secret vieux de plus de dix ans et dont tu n'es pas responsable.

— Ma mère leur aurait extorqué deux cent mille dollars pour garder le silence.

Tess siffla entre ses dents.

— Quoi ? Mais où est cet argent ?

— J'y ai beaucoup pensé hier toute la journée. Cela a dû couvrir les frais de mes études et du pensionnat hyper chic dans lequel je suis partie quand ma mère est morte. Je m'étais toujours demandé comment elle avait fait pour me payer tout cela.

— C'est horrible ! Est-ce qu'il sait cela ?

— Je ne pense pas, non ! Et je ne lui dirai pas. Il pense déjà que je ne suis pas honnête, que je lui ai caché délibérément ce secret. Il ne me fait plus confiance.

— Eh bien, moi, je ne déclare pas forfait ! Je m'occupe de tout.

Tess partit avant que Lucile ait pu faire un geste pour l'arrêter. Que son amie se batte pour elle était merveilleux, mais elle savait que Tess pourrait remuer ciel et terre pour elle, il n'y avait plus rien à faire.

Il allait se marier. Avec Sophie. Alors il ne lui avait pas menti pour la faire souffrir comme elle l'avait cru au départ. Il en aimait vraiment une autre pendant qu'ils faisaient l'amour, pendant qu'elle espérait plus, pendant qu'elle croyait qu'il y avait plus. Elle s'était trompée sur toute la ligne et elle allait devoir vivre toute sa vie avec cette erreur. Car elle le savait, elle n'aimerait jamais plus quelqu'un comme elle aimait Grant.

*

Grant était à son bureau. Il aboyait des ordres depuis ce matin à sa pauvre assistante qui ne devait rien comprendre de son humeur.

Il aurait dû être heureux, tout jeune fiancé, bientôt marié. Cette idée le dégoûtait, mais il y avait beaucoup d'argent dans la balance. Son grand-père maternel et celui de Sophie s'étaient mis d'accord dans leur enfance pour ce mariage arrangé. Et pour que Grant et Sophie en aient envie, ils leur avaient promis beaucoup d'argent qui se débloquerait le jour de leur noce. Il avait besoin de cet argent pour rassurer les autres actionnaires de son entreprise et pour risquer une ouverture internationale.

Il avait toujours su qu'il devrait épouser Sophie. Ils s'étaient promis que si l'un ou l'autre tombait amoureux, ils annuleraient tout. Ils étaient amis depuis leur plus tendre enfance, se connaissaient par cœur. Ce ne serait, certes pas un mariage d'amour, mais au moins il savait où il mettait les pieds.

Pas comme avec Lucile.

Repenser à elle raviva la colère qu'il essayait de calmer. Elle lui avait menti, l'avait même sûrement séduit pour obtenir quelque chose de lui. Comment avait-il pu se faire avoir par cette fille ? Elle n'était plus la petite fille innocente qu'il avait connue quand ils étaient jeunes.

Deux cent mille dollars ! La mère de Sophie leur avait extorqué autant d'argent. Pourquoi ? Il n'avait pas eu l'impression que Lucile avait vécu dans le luxe. Il avait cru à son numéro de fille simple, vierge, innocente. Elle l'avait bien eu et avait dû bien en rire. Elle avait même eu le toupet de lui dire qu'elle l'aimait. Quand il avait entendu ces quelques mots, la colère qu'il éprouvait avait commencé à s'estomper, laissant la place à quelque chose de plus doux. Mais il avait su reprendre ses esprits à temps.

Quand il l'avait quittée près de la dépendance, il était allé voir tout de suite Sophie, ignorant sa mère qui le poursuivait pour savoir ce qu'il s'était passé.

— Maintenant ? avait-il dit à Sophie.

Elle l'avait regardé tristement avant de hocher de la tête. Adam avait poussé un juron et Julian était parti. Il aurait espéré que leurs amis les soutiennent. Mais ils ne pouvaient pas comprendre.

L'annonce avait fait plaisir à tous les gens présents et surtout à sa mère et aux parents de Sophie qui se réjouissaient déjà de cette union. Pourquoi n'avait-il pas été un peu plus heureux ? Il savait depuis qu'il était petit que ce jour arriverait, il avait eu le temps de s'y préparer. Ce serait un bel essor pour son entreprise.

La seule chose qu'il avait imposée était le délai. Un mois. Le mariage se passerait dans un mois au Manoir. Sa mère et sa future belle-mère avaient poussé des hauts cris, mais il n'avait pas cédé.

Tout était de la faute de Lucile. C'est elle et sa mère qui avaient gâché ce qui aurait dû être une fête. Il allait la détruire pour cela et pour ce qu'elles avaient fait vivre à sa famille.

— Vous ne pouvez pas entrer sans rendez-vous ! dit soudain la voix de sa secrétaire alors que la porte s'ouvrait en grand.

Tess !

Tiens, il n'avait pas pensé la voir, mais peut-être était-elle aussi dans la combine ?

— Je suis désolée, Monsieur Cooper, je n'ai pas réussi à arrêter cette jeune femme. Mais je vais appeler la sécurité tout de suite.

Tess était plantée devant son bureau, les bras croisés, elle attendait.

— Ce n'est rien, Jessie ! Je vais recevoir Mademoiselle tout de suite. Vous pouvez nous laisser, merci.

Son assistante eut l'air surprise par le ton si gentil qu'il employa avec elle, lui ayant hurlé dessus toute la matinée. Mais Tess pourrait être une bonne distraction. Une fois que son assistante fut sortie, il s'adressa à la jeune femme :

— Que puis-je faire pour vous, Tess ? demanda-t-il le plus gentiment possible.

Il avait appris que dans les affaires, il ne fallait pas hurler, ne jamais montrer ses sentiments. Il excellait dans ce domaine.

— Vous êtes un mufle ! Comment avez-vous pu la licencier ?

Ah oui ! Ça ! Il avait appelé son service juridique tout de suite en arrivant le matin. Cela ne poserait pas de problème, vu qu'il avait un exemplaire de la carte du restaurant de Sausalito avec les plats rajoutés.

— Elle n'a pas respecté le règlement. Je ne peux pas me permettre d'avoir des gens dans mon équipe qui ne savent pas lire leur contrat, ajouta-t-il d'un ton doucereux.

— Vous vous vengez par le travail ! Vous n'êtes qu'un gamin qui vient de découvrir que le monde n'est pas comme il veut et qui tape sa crise.

On ne pouvait lui enlever cela, elle aimait Lucile. Elle était même prête à perdre son travail pour elle. À moins que cela ne soit encore une ruse.

— Ne vous inquiétez pas, je suis déjà en train de lire de très bons CV pour remplacer votre manager.

— Je ne travaillerai avec personne d'autre.

— Allons, Tess, ne faites pas l'enfant vous aussi, dit-il dans un sourire, vous avez besoin de bonnes recommandations si vous nous quittez. Et je ne suis pas sûr de vous les donner si vous réagissez comme cela.

— Vous savez ce que vous pouvez faire de vos recommandations ?

Il fallait qu'il réfléchisse vite, perdre son manager et son Chef de ce restaurant précisément ne ferait pas très bonne impression auprès de ses actionnaires.

Il eut soudain une idée pour lui permettre d'avoir et sa vengeance et que son restaurant continue à tourner. C'était terrible, pouvait-il se permettre d'aller jusque-là ? En même temps, Lucile avait bien joué avec lui, pourquoi pas lui ?

— Elle pourrait garder son travail…, commença-t-il.

Les yeux de Tess s'illuminèrent d'espoir.

— Oui ?

— Si elle accepte de créer et de s'occuper de mon repas de mariage. L'événement aura lieu dans un mois.

Tess laissa échapper un juron, il était sûr qu'elle l'aurait giflé s'il avait été à côté d'elle.

— Vous ne pouvez pas lui faire cela ! C'est horrible, vous savez, elle...

— Stop, Tess ! Je ne veux rien savoir. Voilà ma proposition : vous vous occupez ensemble du repas de mon mariage et elle garde son poste. C'est à elle de voir. Maintenant je vais vous demander de me laisser. Au revoir, Tess.

Cette dernière se mordit la lèvre et sembla abattue. Elle partit les épaules basses. Il allait leur montrer qu'il ne fallait pas jouer avec lui. Et surtout qu'il savait se défendre.

*

Lucile était en train de servir des clients quand elle vit Tess revenir. Son amie n'osa pas la regarder dans les yeux. Qu'avait-elle fait ? Où était-elle allée ?

S'impliquer dans le service lui fit du bien, oublier un peu sa peine, ou au moins la mettre de côté quelques instants. Elle sentait toujours le poids dans sa poitrine, mais les sourires des clients lui réchauffaient un peu le cœur. Elle adorait le métier de service, faire plaisir aux gens. Les voir se détendre dans l'espace qu'elle avait créé pour eux la rendait heureuse.

Une des serveuses vint la voir :

— Tess t'attend dans ton bureau. Je vais prendre la suite avec cette table.

C'était plus sérieux qu'elle ne l'avait pensé. Elles ne se dérangeaient jamais pendant le service sauf en cas de problème majeur.

Quand elle arriva dans son bureau, Tess était devant la fenêtre et regardait l'océan.

— Tess, que se passe-t-il ? Tout va bien ?

Son amie se retourna et la regarda tristement.

— Et si on partait ?

— Quoi ?

— Rien ne nous retient ici ! Tu n'as plus de famille et moi non plus. Pas de petit-ami, bon il y a bien Etan, mais je m'en remettrai.

— Je ne comprends rien, Tess. Vous vous êtes disputés avec Etan ? Où voudrais-tu que nous allions ?

— Non, tout va bien avec Etan ! Je ne sais pas, on pourrait partir sur la côte Est, construire notre restaurant à nous.

— Bon, Tess, que se passe-t-il à la fin ?

— Je suis allée voir Grant…

— QUOI ? cria Lucile. Mais qu'est-ce qui t'a pris ?

Même entendre son prénom était douloureux. Et la seule pensée qui lui venait était de demander à son amie comment il allait. Elle était vraiment dans de sales draps.

Devant le regard fuyant de Tess, elle se mit à douter que la rencontre se soit bien passée.

— Je pensais arranger les choses ! Vraiment !

— Et…

Elle attendit la suite avec angoisse.

— Il veut bien que tu restes.

— Mais quelle est la contrepartie ?

Parce que connaissant Grant, et l'état dans lequel elle l'avait vu le samedi soir, elle était sûre que cela ne tournerait pas à son avantage.

— Il veut que nous nous occupions du repas de son mariage.

Ah oui ! Quand même ! Il faisait fort.

Aurait-elle le courage d'organiser le mariage de l'homme qu'elle aimait ?

Elle se sentait tellement coupable de la distance qu'avait mise son père avec lui après leur départ. Elle n'était pas directement responsable, mais c'était sa mère qui avait couché avec un homme marié. Sa décision fut prise.

Peu importe si elle souffrait, si elle pleurait, ce qu'elle voulait, ce dont elle avait besoin. Elle ne serait plus jamais heureuse comme elle l'avait été dans les bras de Grant. Mais si elle pouvait rattraper le chagrin que lui avait causé sa mère, elle ferait tout pour qu'il soit heureux. Qu'au moins un d'eux deux y arrive.

— D'accord !

Tess se redressa soudain.

— Non, Lucile, pas ça ! Tu ne t'en relèveras pas.

— En toute sincérité, crois-tu que je me relève un jour de Grant ?

— Lucile, dit Tess en se précipitant vers elle. Tu vas te faire encore plus de mal, personne ne devrait avoir à faire cela un jour, c'est cruel.

— Merci, Tess, de t'inquiéter pour moi. Mais ma décision est prise, si je peux racheter les erreurs de ma mère, je me dois de le faire.

Lucile lui tendit le téléphone.

— Appelle-le maintenant.

— Tu es sûre de toi ?

— Oui !

Devant son air déterminé, Tess prit en soupirant le téléphone et contacta Grant. Après avoir parlé avec son assistante, elle l'entendit dire.

— Nous acceptons. Oui. Dans quinze jours pour vous présenter les premiers plats, pas de soucis. Au revoir.

— Je continue à penser que c'est une mauvaise idée, Lucile, dit Tess en la regardant à nouveau après avoir raccroché.

— Cela ira, je te le promets !

— Si à un seul moment tu ne te sens plus de le faire, tu me le dis, d'accord ?

— Oui, Tess ! Allez, retourne à tes fourneaux, j'ai quelques papiers à finir.

Une fois Tess partie, Lucile s'effondra sur sa chaise.

Elle pouvait bien promettre ce qu'elle voulait à Tess, son amie avait raison, cela allait être une des choses les plus difficiles de sa vie. Elle se rassura en se disant qu'elle ne serait pas tenue d'assister au mariage.

Moins elle le verrait, mieux cela vaudrait. Elle voulait tellement réparer les torts que sa mère avait causés. Après cela, elle ne lui devrait plus rien.

VII

Dans les jours qui suivirent, Lucile se plongea dans le travail. Le restaurant lui permettait de penser à autre chose qu'aux nuits solitaires où elle ne dormait que très peu.

Elle travaillait également sur le menu du mariage de Grant. Elle se surprenait parfois à faire comme si c'était le leur, elle se reprenait toujours très vite, mais jamais avant que les larmes ne reviennent.

Elle vivait comme un zombie, avançant sans vraiment s'en rendre compte. Elle ne dormait presque pas, picorait plus qu'elle ne mangeait. Elle voyait bien les regards inquiets que lui lançait Tess.

Elle les avait vus, Etan et elle, un soir où il était venu la chercher après le travail. Il l'avait pris dans ses bras, mais Lucile avait surpris leur discussion. Ils se disputaient à propos d'elle et de Grant. Tess lui reprochant de ne pas avoir démissionné et de travailler avec un mufle. Etan avait bien essayé de répondre qu'il n'avait pas le choix, que son travail était important et qu'il l'adorait, mais cela n'avait pas calmé Tess.

Pourtant il avait dû trouver les mots, car elle s'était laissé aller dans ses bras à nouveau. Lucile s'en voulait de causer autant de soucis à son amie et elle faisait tout pour que Tess la croie sur le chemin de la guérison.

Elle avait pourtant à la place du cœur un trou béant qui ne voulait pas se refermer. Les larmes, les insomnies, rien ne lui était épargné.

Grant passait toujours par Tess pour lui dire ce qu'il voulait ou ne voulait pas pour son mariage. Jamais ils n'avaient eu de contact depuis ce samedi soir.

Oh ! Elle suivait bien tous les préparatifs du mariage dans les journaux, elle les lisait en secret dans sa chambre, tout en sachant qu'elle se faisait plus de mal que de bien.

Tess avait un soir organisé un repas chez elle avec un de ses amis, espérant secrètement qu'il séduise Lucile. Elle n'avait pas été dupe et avait joué le jeu pour son amie, mais cet homme ne l'intéressait pas, ne l'attirait pas, ne la retournait pas comme Grant. Aucun homme ne pourrait jamais lui faire l'effet qu'il lui faisait, et maintenant qu'elle avait goûté à ce bonheur, elle ne pourrait se satisfaire de moins.

Le rendez-vous avec Grant et Sophie était fixé au soir même, elle était très contente des plats que Tess leur proposerait. Ils ne pourraient pas ne pas aimer.

Le peu de temps où ils avaient été ensemble avec Grant, ils avaient beaucoup parlé de leurs goûts en cuisine, elle l'avait observé quand il mangeait. Elle savait ce qu'il aimait.

— On a un problème ! dit soudain Tess dans son dos.

Lucile était dans les cuisines, elle profitait qu'il n'y ait pas grand monde et du calme avant le service du midi pour parfaire ses plats.

— Quoi donc ? demanda-t-elle en regardant son amie.

Qu'est-ce qui pourrait encore arriver ? Tout était si calme avant que Grant ne rentre dans sa vie, elle regrettait presque ce temps.

— Il veut que ce soit toi qui leur présentes le menu.

Elle se retourna vers le plan de travail où étaient disposés ses plats pour que son amie ne voie pas la souffrance sur son visage. Grant voulait la mettre plus bas que terre. Lucile pensait qu'avec le temps, il se calmerait, mais ce n'était apparemment pas le cas.

— Lucile, on peut encore tout envoyer balader !

Le voir, être près de lui, sentir son odeur, plonger les yeux dans son regard bleu, tout son corps était déjà impatient. Pourrait-elle y arriver sans perdre ses moyens ? Elle devait le faire, pour sa mère, pour réparer les préjudices causés à Grant.

— Ok ! À quelle heure et où dois-je les rejoindre ?

— Lucile, soupira Tess.

— Tout va bien, je peux le faire.

— D'accord ! Ils seront à son bureau pour quinze heures.

— Très bien.

*

Lucile arriva un peu en avance à l'heure du rendez-vous. Elle fut installée dans une des cuisines de l'immeuble. Elle finit de dresser ses plats, que le vigile l'avait aidée à décharger de sa camionnette.

Elle était passée chez elle pour se changer. Elle avait mis une grande jupe bohémienne et un haut gris à manches longues, elle s'était remaquillée pour cacher les cernes et son teint blafard. Elle n'espérait rien de cette rencontre, mais elle ne voulait pas qu'il voie à quel point elle souffrait.

Elle se sentait obligée de beaucoup de choses pour lui, mais elle avait quand même encore un peu de fierté.

Etan arriva soudain dans la cuisine et l'embrassa sur la joue.

— Je suis là pour t'aider et pour te soutenir, sinon Tess me tuerait ! Ils sont prêts, c'est quand tu veux pour envoyer les petits-fours.

Lucile sourit à Etan, elle aurait au moins un allié pour ce rendez-vous qui s'annonçait difficile pour ses nerfs. Elle souffla un grand coup et Etan posa sa main sur son épaule.

— Ça va aller, Lucile ! Ce que tu cuisines est simplement divin. Cela ira vite.

Elle le remercia en hochant la tête, elle n'arrivait même pas à émettre le moindre son. Il fallait qu'elle se calme, qu'elle respire, qu'elle ne se concentre que sur sa cuisine.

Elle prit les plateaux avec Etan et entra dans la pièce qui jouxtait la cuisine. Sophie et Grant étaient assis à une table et se tenaient la main.

Premier coup au cœur.

Grant ne leva même pas le regard de son téléphone qu'il tenait dans l'autre main. Sophie, elle, contrairement à ce que pensait Lucile, l'accueillit à bras ouverts en l'enlaçant.

— Comment vas-tu, Lucile ?

— Bien, merci, et toi ? Félicitations pour votre mariage.

Elle essayait bien de ne pas laisser son regard errer sur Grant. Mais le revoir lui fit un choc. Il était toujours aussi beau, toujours aussi attirant, toujours aussi lui. Il lui manquait bien plus qu'elle ne l'avait cru. Il leva à cet instant son regard sur elle, un regard froid sans chaleur.

— Quand vous aurez fini, on pourra peut-être commencer ! J'ai beaucoup de travail.

Deuxième coup au cœur. Cela allait être compliqué.

— Voici les petits-fours, dit-elle en se concentrant sur ce qu'elle leur présentait. Voici ceux aux crevettes, ceux-ci sont végétariens, ceux-là sont au poulet.

Grant, Sophie et Etan goûtèrent les trois variétés. Sophie poussa un soupir d'aise et Etan lui sourit. Mais Grant intervint :

— Ceux à la crevette sont insipides, pas assez de goût. Du poulet ? Je croyais avoir été clair, c'est un grand mariage, pas un repas de cantine scolaire.

— Enfin, Grant, commença Sophie, ils sont juste parfaits. Même ceux aux poulets sont très bons.

— Je ne veux pas du « très bon », je veux de l'excellent, ma chérie, dit-il en s'adressant à Sophie. C'est notre mariage, cela doit être fabuleux.

Lucile inspira en silence, gérant comme elle le pouvait le froid qui l'envahissait. Elle se serait bien mise à pleurer tout de suite devant tout le monde.

— Très bien, je vais rectifier cela, dit-elle d'un ton froid en notant les remarques sur son calepin. Je vais vous chercher les entrées.

Seule dans la cuisine, elle s'appuya sur le plan de travail.

« Respire, respire, ne pleure pas ici. »

Une fois qu'elle se sentit prête, elle emporta les deux entrées qu'elle avait préparées avec Tess.

— Voici une salade César revisitée et des œufs en meurette à la française.

Tout le monde goûta, et encore une fois, Sophie et Etan s'extasièrent, mais avant que Grant n'ait ouvert la bouche, elle sut que ces plats encore ne le satisferaient pas.

— Comprenez-vous ce que l'on vous dit, Mademoiselle Ridgewood ? Est-ce comme votre contrat, vous faites ce que vous voulez ?

— Grant ! le réprimanda Sophie.

— Non, une salade César à un mariage aussi important que le nôtre n'est pas acceptable. Je veux bien dire que les œufs sont une bonne idée, s'ils étaient un plus relevés.

— C'est une salade revisitée, elle est très chic au niveau de la présentation et très bonne au niveau du goût, la défendit Etan. Quant aux œufs, je n'aurais pas mieux fait moi-même.

— Très bien ! Débrouillez-vous toutes les deux, nous avons d'autres choses à faire avec Etan.

Il se leva et quitta la table sans un regard en arrière. Comment pouvait-elle être tombée amoureuse de ce type ? Elle savait bien que ce n'était pas vraiment lui et que c'est la colère qui parlait, mais il était blessant. Elle le regarda partir en silence.

— C'était très bien, Lucile ! Je goûterai la suite plus tard, lui dit Etan en lui prenant la main.

Dès qu'ils furent sortis, Sophie se tourna vers elle.

— Excuse-le, Lucile ! Ce n'est pas facile pour nous, ce mariage.

— Je comprends que vous soyez stressés tous les deux, comme tous les futurs mariés, ne t'inquiète pas.

— Lucile, regarde-moi ! dit Sophie en lui prenant les mains. Ce n'est pas un mariage d'amour entre Grant et moi. Nous nous adorons, c'est un de mes meilleurs amis, mais tout ceci est un mariage arrangé par nos grands-pères il y a bien longtemps.

Lucile la regarda sans comprendre. Quoi ? Un mariage arrangé ? Ils ne s'aimaient pas ? Un brin d'espoir fit son chemin jusqu'à son cœur, anéanti par les paroles qui suivirent.

— Nous hériterons chacun de cinquante millions de dollars le jour de notre mariage. Grant veut exploiter sa compagnie à l'étranger, il a besoin de cet argent pour convaincre ses actionnaires.

Une vive colère la submergea. Il ne faisait cela que pour l'argent, elle qui était si fière qu'il réussisse si bien sans rien demander à sa famille. Elle s'était définitivement trompée sur l'homme qu'elle aimait.

Lucile continua de présenter ses plats à Sophie, qui les adora. Elles firent une liste du menu sélectionné par Sophie.

Au moment où elle rangeait les desserts, tout en discutant avec Sophie, Grant entra dans la pièce. Elle le regarda avec un œil nouveau.

Oh ! Oui elle était attirée par lui, très attirée même, mais elle ne connaissait pas cet homme. Elle avait transposé ses souvenirs du petit garçon qu'il était sur lui, sans voir et sans connaître l'homme qu'il était devenu.

Il la regarda méchamment et elle lui rendit son regard. Elle ne se laisserait plus intimider par lui, il ne valait pas mieux que sa mère. Il épousait une femme pour de l'argent, sa mère au moins les avait extorqués pour subvenir à l'avenir de sa fille. C'était plus louable.

— Monsieur Cooper, dit-elle d'une voix doucereuse. Nous avons vu avec la future mariée le menu, je demanderai à mon Chef de vous l'envoyer.

Il la regarda surpris, et quand elle fut sûre que Sophie était sortie, elle ajouta :

— Quant à toi, Grant, va au Diable !

Et elle le laissa planté là, très fière d'elle, même si elle savait qu'elle s'écroulerait plus tard.

*

Grant était assis dans sa voiture devant le restaurant de Lucile depuis des heures. Il voyait tout ce qu'il s'y passait grâce aux larges baies vitrées. Il l'avait vue évoluer toute la soirée entre les tables, sourire aux uns comme aux autres.

« Que faisait-il là ? », se demanda-t-il pour la centième fois. Il aurait dû être à son travail, s'immergeant dedans comme un forcené.

La revoir cet après-midi l'avait remué, et même s'il s'était préparé à cette rencontre, il n'avait pu contrôler les battements rapides de son cœur quand elle était entrée dans la pièce. Ses plats étaient succulents, mais il ne voulait pas lui faire de compliment, il n'était pas là pour lui faciliter la tâche.

Il était parti quand il avait compris que Sophie et Etan étaient de son côté et qu'il ne pourrait plus se contrôler bien longtemps. Il avait autant envie de la prendre dans ses bras et de lui faire l'amour que de la faire souffrir.

Pourtant, quand il était revenu pour essayer de triompher une nouvelle fois, il l'avait vue en colère, plus du tout la jeune femme qui supportait toutes ses critiques en baissant la tête sans rien dire quelques minutes plus tôt.

Et elle l'avait « envoyé au diable » en plus ! Que s'était-il passé pendant son absence ? Il avait interrogé Sophie qui ne lui avait donné aucune piste, lui expliquant qu'elles avaient juste parlé du menu du mariage.

Cette femme le hantait depuis des jours. Son souvenir présent, nuit et jour, ne lui laissait aucun répit. Il avait encore et toujours envie d'elle.

Pourquoi elle ?

Il l'avait aperçue plus tôt dans la soirée serrer un homme contre elle dans le restaurant et il avait failli sortir de sa voiture pour aller s'expliquer sur-le-champ avec ce type. Il n'avait pourtant aucun droit sur elle et n'en voulait d'ailleurs pas. Cependant, il n'arrivait pas à se la sortir de la tête.

Il vit la dernière serveuse sortir du restaurant, Lucile était maintenant seule. Il sortit de sa voiture et marcha jusqu'à la porte. Il devait reprendre le dessus. Il entra dans le restaurant, elle ne fermait pas à clé, n'importe qui pouvait rentrer et l'agresser.

Il avança jusqu'à la cuisine d'où il entendait des bruits. Elle lui tournait le dos et il en profita pour admirer encore une fois ce corps qui l'obsédait tant. Il se racla la gorge pour qu'elle le remarque. Elle sursauta en se retournant, mais quand elle le vit, son regard devint glacial. D'où se permettait-elle de le traiter de la sorte ? Certes, il ne l'avait pas ménagée cet après-midi, mais, lui, il avait de bonnes raisons.

— Monsieur Cooper, dit-elle d'un ton ironique. Que puis-je faire pour vous ?

— Depuis quand me parles-tu sur ce ton ?

— C'est vrai que tu as été plus qu'amical aujourd'hui !

— Mais, moi, j'en ai le droit, je…

— Mais oui, c'est vrai ! le coupa-t-elle. Le grand Grant Cooper, lui, a tous les droits, juger les gens sans savoir, mais surtout sans être jugé à son tour !

— Mais enfin de quoi parles-tu ? hurla-t-il.

Elle le regarda en croisant les bras sur sa poitrine, ce qui attira son attention dessus. Il devait garder l'esprit clair. Il se passait quelque chose et il ne comprenait pas quoi.

— Je parle de ton merveilleux mariage d'amour avec Sophie ! Un merveilleux mariage à cinquante millions de dollars, asséna-t-elle.

Comment savait-elle ? Sophie ! Pourquoi se sentait-il tout à coup coupable ? Non, il n'avait rien fait de mal, il n'obéissait qu'à ce qu'avaient décidé leurs grands-pères.

Elle l'observait toujours en silence quand elle se mit à crier :

— Tu oses juger ma mère alors que tu ne vaux pas mieux ! Au moins, elle, elle aimait ton père. J'étais fière de ce que tu avais accompli seul, alors que là, tu vas profiter de l'argent de ta famille. Quelle superbe réussite !

— Tais-toi ! dit-il d'un faux ton calme.

— Pourquoi ? Parce que ce que je dis te dérange ? Ou parce que je ne suis pas loin de la vérité ?

Avant qu'il n'ait su comment, il l'avait plaquée contre le frigo et avait pris ses lèvres. Elle ne se débattit pas une seule seconde, l'attirant plus près encore s'il était possible. Il dévora sa bouche et commença à caresser sa poitrine soulevant son tee-shirt pour enfin retrouver sa peau si douce et si chaude.

Alors qu'elle soupirait déjà, il réussit à atteindre ses tétons et les suça sauvagement. Toute leur étreinte était sauvage. Et même s'il savait qu'il fallait qu'il s'arrête, il n'y parvenait pas, retrouvant avec plaisir son corps.

Il la souleva et la posa sur le plan de travail, lui enlevant en même temps sa culotte. Il la pénétra durement, brutalement. Elle gémissait et répondait avec la même ardeur à ses coups de reins. Il sentit l'orgasme arriver vite, aussi violent qu'il l'était avec elle.

— Tu es à moi, chuchota-t-il à son oreille.

— Oui ! Oui !

Il ne savait pas si elle lui répondait ou si elle était seulement sous l'emprise du plaisir, mais cela l'excita encore plus.

Ils jouirent en même temps, le corps secoué de spasmes. Il resta un moment en elle, essayant de retrouver le cours de sa vie. Elle ne disait rien non plus. Quand il s'arracha à elle, il eut l'impression encore une fois qu'il n'arriverait jamais à sc passer d'elle.

Pendant qu'il se rhabillait, elle descendit du comptoir sans le regarder. Il fallait qu'il dise quelque chose, mais il n'arrivait pas à comprendre ce qu'il venait de se passer.

— Va-t'en, Grant ! Ne m'as-tu pas assez humiliée cet après-midi ? Que voulais-tu savoir ? Que j'étais toujours sous ta coupe, que tu pouvais faire encore ce que tu voulais de moi ?

Il ne répondit pas, ne sachant pas vraiment quoi dire. Non, il n'avait jamais voulu l'humilier. Lui faire payer son secret, oui !

Il fallait qu'il parte, elle avait raison. Il fallait qu'il s'éloigne d'elle, car la seule envie qu'il avait pour le moment était de la prendre dans ses bras.

— Je suis désolé, murmura-t-il.

— Grant, soupira-t-elle. Va rejoindre ton monde ! Nous n'avons rien à faire ensemble.

Il la regarda une dernière fois et se retourna pour la fuir, ou plutôt pour fuir toutes les vérités qu'elle lui avait jetées à la figure, pour fuir cette attirance qui le consumait. Elle était définitivement trop dangereuse pour lui.

VIII

Quinze jours après, Grant était appuyé contre un des avions d'Adam dans son hangar. Il était avec Julian et Adam en train de boire une dernière bière à plus de minuit.

Ils venaient d'enterrer sa vie de garçon avec d'autres amis de Grant dans le centre de San Francisco, passant la soirée en allant de bar en bar. Mais Grant n'était pas à la fête depuis ces quinze derniers jours. Bon, s'il était honnête avec lui-même, depuis qu'il avait découvert le mensonge de Lucile.

Cette jeune femme lui manquait toujours autant, et surtout après avoir fait l'amour dans ce restaurant quinze jours plus tôt, c'était pire. Elle le rendait fou, il avait autant envie de se battre contre elle que de l'embrasser.

Demain tout serait fini, il épouserait Sophie. Il avait des principes, même s'ils ne s'aimaient pas, il ne la tromperait pas. Il n'irait jamais prendre le risque de lui faire honte. Il sentait que Sophie avait des hésitations aussi, ils en avaient parlé, mais elle lui avait assuré que tout irait bien.

Il n'était pas fier de lui pour ce qu'il s'était passé dans le restaurant, il n'avait pas su maîtriser ses pulsions. Mais Lucile avait su toucher un point sensible : l'argent de ce mariage.

Bien sûr qu'il aurait pu faire comme il l'avait toujours fait : attendre de convaincre ses actionnaires pour agrandir son entreprise. Mais il était impatient et avait cédé à l'appel de l'argent. Comment pourrait-il refuser une telle somme ?

Le comparer à sa mère l'avait déstabilisé. Non, il se convainquait depuis ces quinze derniers jours que ce n'était pas la même chose. Il ne couchait pas avec une femme mariée pour son argent.

« Non, il allait se marier avec une femme qu'il n'aimait pas pour de l'argent », lui rétorqua sa conscience.

— Alors, prêt ? demanda Adam.

Ses amis ne les avaient certes pas encouragés, mais ils respectaient leur décision et les soutenaient maintenant.

— Oui, bien sûr ! Je m'y prépare depuis toujours.

— Et comment allez-vous vivre ? Aurez-vous des enfants ? attaqua Julian d'une voix dure.

— Nous continuerons à vivre chacun dans notre appartement. Il n'y aura pas de grands changements par rapport à maintenant, juste que nous serons mariés.

— Et les enfants ? ricana Adam.

Il n'avait pas pensé à cela, il devait l'avouer. Il ne s'était jamais non plus posé réellement la question d'avoir des enfants, étant conditionné à épouser sa meilleure amie.

Pourtant, quand il s'imagina avec des enfants, ils avaient les cheveux roux et des yeux verts, comme Lucile. Il fronça les sourcils.

— On dirait que vous ne savez pas dans quoi vous vous embarquez.

— Au moins, je connaîtrai vraiment la personne avec qui je serai, et je ne serai pas avec quelqu'un qui m'a fait croire tout ce qu'elle voulait.

— Ah ! Allons-nous enfin parler de ce qu'il s'est passé avec Lucile ? enchaîna Adam.

C'est vrai qu'il ne leur avait rien dit, trop honteux que son père ait pu tromper sa mère et qu'il se soit également fait avoir par Lucile. Il soupira, il devrait leur en parler un jour, autant que ce soit aujourd'hui.

— Vous vous souvenez que la mère de Lucile était la gouvernante du Manoir ?

Ses amis hochèrent la tête.

— Elle a eu une aventure avec mon père, dit-il en baissant les yeux. Elle a ensuite demandé deux cent mille dollars pour ne pas faire d'esclandre et partir discrètement.

Adam siffla entre ses dents, mais Julian resta de marbre.

— Et alors ?

— Enfin, Julian, deux cent mille dollars !

— J'entends bien, Grant ! Mais quel est le rapport avec Lucile ? Elle n'est pas responsable des actes de ton père et de sa mère.

— Non, mais elle savait et elle ne m'a jamais rien dit ! Nous avons quand même eu une aventure, elle aurait dû me le dire.

— Et pourquoi crois-tu qu'elle t'a menti ? Ne réagis-tu pas exactement comme elle en avait peut-être peur ?

— Mais pourquoi la défends-tu autant, Julian ?

— Parce que tu la punis pour des choses dont elle n'est pas responsable et parce que, par la même occasion, tu te punis aussi en t'empêchant d'être heureux avec elle.

— Qui me dit qu'elle n'est pas comme sa mère et qu'elle n'essaie pas d'obtenir quelque chose de moi ?

— Parce que, toi, tu es comme ton père ? Tu tromperais la femme que tu épouserais ?

— Non, bien sûr, mais...

Il n'était plus sûr de rien. Peut-être l'avait-il jugée trop vite ? L'avait-il condamnée trop vite ?

— C'est moi qui l'ai ramenée chez elle le fameux samedi soir de la réception de tes parents !

— Quoi ?

— Je partais quand je l'ai vue en train de marcher sur le bas-côté de la route. Si tu veux mon avis, cette fille n'était pas intéressée par ton argent, mais par toi. Elle était en larmes.

— Mais oui, enfin ! s'exclama Adam. Lucile a toujours été amoureuse de toi et l'est encore aujourd'hui.

Grant ne savait plus que penser. Serait-il possible qu'elle soit vraiment amoureuse de lui ? Et quelle était encore une fois cette douce sensation qui se propageait dans tout son corps ? Il fallait qu'il revienne à la réalité.

— Les gars, je me marie demain ! Lucile est de l'histoire passée, mon futur, c'est Sophie.

— Et cette pauvre vie que tu lui promets ! s'énerva Julian.

— Mais qu'est-ce que tu as, à la fin ?

Julian parut se reprendre et déclara :

— Rien, j'ai des soucis au boulot, je suis un peu stressé. Je suis très heureux pour vous.

Il regarda Adam qui leva les épaules en signe d'incompréhension également.

— À votre bonheur, à Sophie et toi ! Et que demain soit le jour le plus beau de votre vie, dit Julian en levant sa bière.

Ils trinquèrent tous les trois. Grant sentait que tout ne se passerait pas comme prévu, que quelque chose le menaçait. Serait-ce vraiment le plus beau jour de sa vie ? Il verrait Lucile demain, et son traître de cœur bondit dans sa poitrine à cette pensée.

Demain, à cette heure-ci, il serait marié avec Sophie et oublierait Lucile définitivement.

*

Lucile regardait tous les ouvriers, les serveurs qui couraient en tous sens dans le jardin du Manoir pour les dernières touches à donner ici et là. Elle n'aurait pas cru remettre un jour les pieds ici après ce qu'il s'y était passé la dernière fois. Malgré la souffrance et la colère, elle trouvait cet endroit toujours aussi merveilleux.

Dans ses rêves d'adolescente, elle s'était vu épouser Grant ici même, de la même manière. Encore une fois, tout était très beau, très chic, mais quand on avait de l'argent, tout était plus facile. Des lys blancs étaient accrochés un peu partout et il faisait un temps superbe et chaud.

Elle était arrivée tôt avec Tess pour préparer leurs plats. Elles avaient une cuisine aménagée à l'extérieur pour elles, Lucile n'aurait pas à remettre les pieds dans cette maison chargée de souvenirs de toutes sortes. Elle espérait ne pas voir Grant.

Grant.

Elle repensa à la scène qui s'était déroulée dans son restaurant et elle rougit à ce souvenir. Comment cela avait-il pu se passer ? Comment en étaient-ils arrivés là ? Et comment avait-elle pu prendre autant de plaisir dans cette étreinte sauvage ?

Ces dernières semaines avaient été chargées en sensations et émotions. En fait, depuis que Grant était entré à nouveau dans sa vie ! Tout n'était que sentiments contradictoires.

Et même si elle détestait l'homme qu'il était devenu, capable de se marier pour de l'argent, il lui manquait terriblement. Son cœur ne battait que pour lui, aucun des hommes qu'elle voyait ne l'attirait. Elle était aussi tellement fatiguée, elle ne dormait que très peu, mangeait quand elle y pensait. Elle se sentait lasse de tout cela.

Elle avait pris une décision depuis quelques jours, elle allait partir, s'éloigner de lui, de tout ce qui lui rappellerait cet homme. Elle n'en avait pas encore parlé à Tess. Son amie avait sa vie ici, l'homme qu'elle aimait ici, son avenir ici.

Les invités commencèrent à arriver, une file de voitures de luxe s'étendait. Les parents de Grant et les parents de Sophie, devina-t-elle, accueillaient les personnes en grande pompe. C'est à ce moment-là qu'elle vit apparaître Grant.

Sa vue lui coupa le souffle, il était magnifique dans son costume noir avec sa boutonnière, où une fleur était suspendue. La force virile qui se dégageait de lui la toucha en plein cœur. Ses cheveux étaient aussi fougueux que leur propriétaire. Ses cheveux dans lesquels elle avait passé si souvent la main quand ils faisaient l'amour. Un flot de souvenirs de leurs étreintes jaillit en elle, comme une vague prête à la renverser. Il dut sentir son regard, car il leva les yeux vers elle.

Qu'y vit-elle ? Pas cette arrogance qu'il avait eue quand il avait découvert son secret, pas non plus cette colère pendant l'essai des plats. Plutôt une sorte de résignation, ce même regard qu'elle avait surpris quand il était venu la retrouver ce soir-là dans le restaurant.

Même si elle avait été consentante et qu'elle avait pris énormément de plaisir, elle s'en voulait. Elle refaisait les mêmes erreurs que sa mère, elle l'avait durement jugée autrefois, mais maintenant elle la comprenait un peu mieux.

À ce moment-là, Tess arriva à côté d'elle et regarda en silence le ballet des serveurs et des invités. Il fallait qu'elle lui parle, c'était le moment. Elle ne pouvait de toute façon plus reculer, ses affaires étaient rangées dans des cartons et n'attendaient plus qu'elle décide où elle voulait partir. Pourquoi pas sur la côte Est comme l'avait suggéré Tess ? Elle partirait ce soir, pas question de rester près d'un Grant marié.

— Je vais partir, murmura-t-elle en fixant toujours Grant qui accueillait les invités.

— Bien sûr ! Il n'a jamais été question pour moi que tu assistes en plus à la cérémonie.

Ah, qu'est-ce qu'elle lui manquerait, elle aussi ! Elle avait été un ange, s'inquiétant à chaque instant, présente quand elle en avait besoin, la laissant respirer quand elle sentait qu'elle avait besoin d'espace.

— Tess, je vais vraiment partir.

Son amie soupira en regardant par terre.

— Je m'en doutais ! Je savais que c'était de la folie d'accepter ce travail pour Grant, dit-elle tristement. Ok, on part quand ? demanda-t-elle avec un entrain forcé.

— *On* ne part pas ! Tess, tu as une vie ici, même si tu dis le contraire. Tu as un homme merveilleux qui t'aime et que tu aimes. Tu as beaucoup d'avenir dans ton travail, tu es connue et reconnue.

— Mais…

— Tess, merci pour tout ce que tu as fait pour moi, pour l'amie merveilleuse que tu es, dit Lucile en lui prenant les mains. Ce n'est pas la fin de notre amitié, crois-moi ! Je te tiendrai au courant d'où je suis et de ce que je fais.

— Je suis triste, mais je comprends que tu aies besoin d'un nouveau départ.

Soudain son regard fut attiré par Grant qui marchait vers elles.

Ah non ! Pas lui, pas maintenant. Elle serait capable de tout annuler et de rester pour lui.

— J'y vais, je te tiens au courant, dit-elle à son amie en l'embrassant sur la joue.

Tess avait également remarqué Grant et la poussa gentiment vers sa voiture.

— Fonce et sois heureuse !

Alors qu'elle arrivait à sa voiture un peu plus loin, elle se retourna une dernière fois. Grant avançait toujours dans sa direction, mais il était freiné par des gens qui souhaitaient lui parler. Il répondait avec gentillesse aux sollicitations, mais il ne la quittait pas du regard pour autant.

— Adieu, Grant ! murmura-t-elle plus pour elle-même.

Et elle monta le plus rapidement possible et démarra pour fuir tout cela, pour tout laisser derrière elle. C'était une fuite, certes, mais une fuite vitale pour sa survie.

*

Grant vit la voiture de Lucile démarrer avant qu'il n'ait pu l'atteindre. Pourquoi avait-il peur d'un seul coup ? Pourquoi sentait-il que la situation lui échappait ? Tess se planta devant lui.

— Oui, Monsieur Cooper ?

— Où va-t-elle ? demanda-t-il d'une voix dure.

— Qu'est-ce que ça peut vous faire ? Je suis là et tout est prêt ! Il n'y a aucune raison que Lucile reste. À moins que cela ne soit encore pour la torturer un peu plus ?

— Tess, où est-elle partie ? cria-t-il.

— Comme vous le dites, elle est partie. Et comme vous, je ne sais pas où.

Un froid glacial envahit tout son corps, mais surtout son cœur. Il l'avait vue dire au revoir à son amie et son instinct avait déjà compris que c'étaient des adieux. Elle ne pouvait pas partir, pas le laisser là, pas construire sa vie sans lui.

« Et pourquoi donc ? », lui demanda sa conscience. Parce qu'il avait besoin d'elle, plus que de personne d'autre, comprit-il.

— Vous l'avez détruite, j'espère au moins que cela valait le coup ! Vous sentez-vous mieux ?

Non, il ne se sentait pas mieux et ne se sentirait plus jamais bien si elle était loin de lui. Mais il avait déjà été trop loin dans ce mariage pour tout annuler à quelques minutes de la cérémonie.

— Je me suis trompé, vous avez raison, Tess. Mais cela ne change rien.

Tess le regarda étonnée mais ne pipa mot.

Il partit en direction de la maison, mais sur le chemin, il vit la dépendance et sut qu'il avait besoin d'y aller quelques minutes. Les dernières minutes près d'elle.

Rien n'était arrangé pour autant, la mère de Lucile avait quand même extorqué beaucoup d'argent à sa famille. Son père avait trompé sa mère avec la mère de Lucile. Tout tournait trop vite dans sa tête, il ne comprenait plus rien.

Il s'assit sur un des canapés et se prit la tête entre les mains.

— Tu es là !

La voix de son père résonna soudain dans la maison vide. Ils ne s'étaient pas parlé depuis qu'il avait appris leur secret. Cela ne changeait pas grand-chose à leur relation qui avait toujours été vide de sens et de parole.

— Papa, ce n'est pas le moment.

— Et moi, je pense que c'est le meilleur moment.

Grant regarda son père et pour la première fois, il le trouva impressionnant, sûr de lui, pas l'homme qu'il avait l'habitude d'être. Il marcha tout autour de la pièce en observant chaque détail.

— J'ai été très amoureux de sa mère, tu sais. Non, écoute-moi, dit-il alors que Grant ouvrait la bouche. Ce n'est pas une histoire facile, alors ne m'interromps pas.

Grant obéit à son père qui avait enfin quelque chose à partager avec lui.

— La mère de Lucile était aussi belle qu'elle. Au début, quand cette attirance est arrivée, nous avons vraiment essayé de résister tous les deux. Presque plus elle que moi. Mais la passion nous a rattrapés, nous nous sommes aimés pendant plus de deux ans en cachette. Jamais elle ne m'a demandé quoi que ce soit, surtout pas de vous quitter, ta mère et toi. Et puis, un soir, nous nous sommes fait prendre par ta mère. Tu connais ta mère, elle est restée très maîtresse d'elle-même et m'a demandé d'y mettre un terme très rapidement. Ce qu'il faut que tu saches, c'est que notre mariage avec ta mère est également un mariage arrangé entre nos deux familles. Nous ne nous aimions pas. Je ne critiquerai jamais ta mère, elle est comme elle est, et elle ne veut que le meilleur pour toi. Elle agit comme on lui a appris, mais ça ne marche pas comme cela.

— La mère de Lucile vous a quand même pris deux cent mille dollars, essaya d'intervenir Grant.

Tout ce que lui disait son père le dérangeait, tout le bouleversait.

— Tout est de ma faute ! Je ne suis qu'un lâche. Je n'ai pas osé quitter ta mère pour vivre avec la femme que j'aimais. Quelque temps avant, la mère de Lucile avait appris pour son cancer et qu'il était trop tard pour le guérir. Elle m'a supplié de garder Lucile avec nous, qu'elle partirait, mais ta mère a refusé, et pour être franc, je ne me suis pas vraiment battu. J'avais honte et j'avais vraiment peur de perdre le train de vie dans lequel nous vivions. Elle m'a alors demandé de l'argent pour qu'elle puisse assurer l'avenir de sa fille quand elle ne serait plus là. J'aurais dû partir avec elle, ne pas la laisser mourir toute seule, ne pas laisser Lucile affronter cela toute seule.

Tout ce que lui avait dit son père n'arrangeait rien à la migraine qui s'était installée avec le départ de Lucile. L'argent avait donc servi à payer les études et le pensionnat de Lucile après la mort de sa mère. Comment avait-il pu être si cruel ? Il n'avait pas essayé de comprendre, il les avait jugées sans leur donner le bénéfice du doute. Pourquoi ?

— Je te raconte tout cela pour que tu ne fasses pas les mêmes erreurs que moi, reprit son père. J'ai vu comment vous vous regardiez tous les deux avec Lucile. Je sais que Sophie est quelqu'un de très bien, mais tu ne l'aimes pas comme doit aimer un mari. Vous finirez par être malheureux.

— Il est trop tard, papa !

— Non, il n'est jamais trop tard, mon fils ! Tu dois te battre pour être heureux et non pour des responsabilités que l'on t'a imposées à ta naissance et pour de l'argent. Grant, tu l'aimes, ne la laisse pas partir. Tu ne t'en remettras jamais, et tout l'or du monde n'y changera rien.

Mais oui, il aimait Lucile ! Plus que tout, plus que sa chaîne de restaurants, plus que sa vie.

— Je n'ai pas été un très bon père et j'en suis désolé. J'aurais dû être plus proche de toi, mais j'étais tellement anéanti et tellement honteux après cette histoire que je ne savais plus si je pouvais vraiment t'aider à grandir.

— Tu viens de le faire, papa, et au meilleur moment. Je dois aller voir Sophie pour lui parler, et maman…

— Je m'occupe de ta mère. Retrouve Lucile et dis-lui ce que tu ressens.

— Mais s'il était trop tard ? demanda Grant qui se rappelait soudain tout ce qu'il lui avait fait vivre ces dernières semaines.

— Tu n'en sauras rien tant que tu n'auras pas essayé.

Grant se leva et prit son père dans ses bras. Ce dernier fut un peu surpris et ne sut comment faire avant de l'enlacer à son tour.

— Merci, papa.

Grant partit en courant, il savait que Sophie se trouvait dans une des chambres du Manoir. Il fallait juste qu'il la trouve, et par un hasard sadique, elle était dans la chambre qu'ils avaient partagée avec Lucile quand ils étaient venus passer le week-end, là où ils avaient vécu tant d'heures de passion.

Toutes les jeunes femmes présentes se mirent à hurler quand il ouvrit la porte.

— Non, Grant, vous ne pouvez pas voir Sophie dans sa robe de mariée, dit sa future belle-mère.

Sophie était au centre de la pièce dans une robe magnifique. Elle était tellement belle, mais son cœur ne battait que d'amitié pour elle. Comme si elle avait compris, elle s'approcha de lui sans faire attention aux cris que poussaient les autres.

— Je dois y aller, dit-il d'une voix penaude.

— Enfin, tu te réveilles, répondit-elle en éclatant de rire.

— Sophie, je suis désolé…

— Ne le sois pas ! Grant, je t'aime, tu es mon meilleur ami et ce que je souhaite par-dessus tout, c'est que tu sois heureux. Va retrouver Lucile, dépêche-toi ! Je m'occupe de tout ici.

Il l'embrassa sur la joue et son cœur si lourd commença à s'alléger. Il ne restait plus qu'à convaincre Lucile qu'il était un pauvre idiot, fou amoureux d'elle.

Il trouva Tess dans la tente de cuisine qui leur avait été installée.

— Tess, où est-elle ?

Tess lui sourit devant son empressement.

— Sûrement toujours chez elle, en train de faire ses cartons, il va falloir faire vite !

— Merci !

Elle lui lança les clés de sa voiture et il partit le plus vite possible pour retrouver celle qu'il aimait et sans qui il ne pourrait jamais être parfaitement heureux.

IX

Lucile sortit de la salle de bain et s'effondra sur le lit avec, dans sa main, le test. Cette toute petite chose qui venait de changer sa vie à jamais. Des larmes de joie et de tristesse coulèrent sur ses joues.

Elle était enceinte.

D'un homme qui était sûrement en train de dire oui à une autre à ce moment même. Elle avait suivi le même chemin que sa mère, finalement.

Elle, si sûre de sa décision de partir quelques instants plutôt, n'était plus sûre de rien. Elle avait eu des doutes depuis un moment, des règles très en retard, pensait-elle, des nausées et de la fatigue due à tout ce qu'il se passait dans sa vie.

Sur le chemin du retour, elle avait vu une pharmacie ouverte et, sans savoir comment, elle était déjà en train d'acheter ce test.

Qu'allait-elle faire ? Devait-elle le dire à Grant ? La situation était compliquée, il était en train de se marier, mais il n'était pas question de ne pas lui dire. Il était le père de cet enfant et il avait le droit de savoir et de décider tout seul comment il voulait s'impliquer dans la vie de leur bébé. Par contre, elle ne le laisserait pas lui faire du mal, il ne serait pas un bâtard caché aux autres.

Soudain, elle entendit sa porte d'entrée s'ouvrir et des pas de course jusqu'à sa chambre. Elle eut juste le temps de cacher le test sous la couverture de son lit avant de voir Grant entrer dans la pièce. Mais que faisait-il là ?

— Lucile, dit-il à bout de souffle. Je t'aime !

— Quoi ?

— Je ne suis qu'un idiot ! Je t'aime comme un fou, sûrement depuis notre enfance, maintenant que j'y pense. J'avais trop peur de ce que je ressentais et de ce que cela représentait pour ma vie, pour te le dire plutôt. Je t'ai fait fuir, je me suis conduit comme le plus idiot des hommes, pour être poli !

Il s'approcha d'elle, mais elle n'osait bouger de peur que tout ceci ne soit qu'un rêve. Il lui prit les mains et l'aida à se lever pour la prendre contre lui, dans ses bras, là où son corps reconnaissait encore et toujours sa place.

Elle entendait son cœur battre rapidement dans sa poitrine.

Il lui chuchota alors :

— S'il te plaît, ne pars pas ! Laisse-moi essayer de me rattraper toute notre vie, laisse-moi t'aimer et te le prouver chaque jour ! Je ne suis qu'un imbécile qui avait peur de perdre tout ce qu'il avait construit pour toi. Mais tu es ce qui est le plus important dans ma vie, celle qui me tient tête, qui m'oblige à voir mes erreurs, qui me rassure, qui me donne toute sa passion. Je ne serais jamais heureux sans toi à mes côtés.

Lucile écoutait avec bonheur tous ces mots d'amour qu'elle avait rêvé d'entendre depuis qu'elle était enfant.

Tous les malentendus, toute la souffrance de ces dernières semaines furent emportés lorsqu'il posa ses lèvres sur les siennes. Elle se laissa enfin aller à croire au bonheur, à lui, à eux. Elle devait pourtant lui dire ce qu'elle venait de découvrir. Cela changerait-il les choses ?

Elle s'éloigna de lui pour se remettre l'esprit au clair. Il eut l'air chagriné, abattu.

— Je vais m'en aller si c'est ce que tu veux ! Mais sache que je reviendrai tous les jours pour te prouver que je t'aime. Je ne te laisserai pas partir sans me battre.

— Grant, attends ! Laisse-moi un peu de temps pour retrouver mes esprits. Tout va trop vite aujourd'hui. J'ai quelque chose à te dire avant que je n'accepte tout ce que tu viens de me promettre.

— Oui ?

Il attendait, plein d'espoir. Le perdrait-elle après sa déclaration ? Ils n'avaient jamais parlé de son désir d'avoir des enfants ou non. Elle n'était pas sûre qu'il soit vraiment heureux. Cela serait très injuste de la part du destin de lui faire un coup pareil.

Elle prit le test de grossesse qu'elle avait caché et le lui tendit.

— Je suis enceinte ! Je comprendrais que tu ne veuilles pas t'impliquer dans ce bébé, c'est un accident, après tout. Je ne te demanderai rien, je m'occuperai de tout, je...

Mais avant qu'elle n'ait pu finir sa phrase, il la souleva dans ses bras en riant.

— Je serai le plus heureux des futurs papas quand tu m'auras dit que tu partages les mêmes sentiments que moi.

— Mais tu n'es pas fâché ?

— Non, ma chérie, dit-il en la reposant à terre et en la serrant contre lui. C'est le plus beau moment de ma vie. Si tu ne veux pas de moi, je serai quand même là pour notre bébé.

— Mais je veux de toi ! Je t'aime plus que tout au monde et depuis ma plus tendre enfance. Je ne peux même pas imaginer ma vie sans toi.

Il s'empara de sa bouche avec passion et l'allongea sur le lit. Après s'être installé contre elle, il lui murmura :

— Épouse-moi ? Pas pour le bébé, mais pour nous. Je veux que tu sois ma femme, je veux me réveiller tous les jours à côté de toi, je veux pouvoir le crier au monde entier.

— Mais que diront tes parents ? Je ne suis pas sûr que cela leur fasse plaisir...

— Mon père nous soutient. Quant à ma mère, elle devra se faire à la situation, tu es ma vie, et c'est comme cela. Je suis prêt à tout sacrifier parce que c'est toi...

Elle se serra un peu plus contre lui, en caressant le haut de son torse, sous sa chemise ouverte.

— Alors, c'est un grand oui, Monsieur Cooper.

Il l'embrassa à nouveau, mais avec plus d'attention, plus profondément, comme l'amour qui les unissait.

Vous avez aimé votre lecture?
Découvrez les autres romans des éditions So Romance
disponibles en format papier et numérique.

Golden Girls
Tome 1 : L'infiltration
Frenchy rêve de faire carrière dans la photographie, mais elle peine à joindre les deux bouts. Une opportunité s'offre à elle lorsqu'une marque de montres luxueuses la contacte pour qu'elle réalise un shooting. Quand elle se rend à leurs bureaux pour y déposer les clichés en mains propres, elle fait la rencontre du PDG, Travis Johnson, qui lui propose une toute autre mission : infiltrer la vie de sa femme pour récupérer des documents top secrets, en échange d'un demi-million de dollars. Tout d'un coup, Frenchy se retrouve propulsée dans un monde où l'hypocrisie règne en maître.

Une si douce folie
Tome 2 : Contre vents et marées
Quelques mois après avoir rencontré Adam, un charismatique avocat, Marylin tente de concilier son rôle de mère avec cette nouvelle passion exaltante. Mais une lettre anonyme la menaçant des pires représailles si elle ne quitte pas son amant vient compromettre ce fragile équilibre. Persuadée que ces menaces proviennent de l'ex-femme d'Adam, Marylin confronte ce dernier, qui refuse de la croire.
Et tandis que sa nouvelle relation rencontre ses premiers soubresauts, l'étau se resserre autour de Marylin…

Curves Rock
Tome 1 : C'est la guerre

Stones, fraîchement diplomée, commence un nouveau travail de concierge dans un hôtel de luxe qui vient d'ouvrir ses portes. Au vu de ses compétences, les deux directeurs lui proposent un second poste à hautes responsabilités impliquant de passer la majorité de son temps avec eux. Stones se retrouve alors malgré elle au coeur d'un triangle amoureux : Jaxson, son boss aux talents cachés, et Dan, son collègue concierge, se lancent dans un combat de coqs pour tenter de séduire la belle. Lequel des deux mâles parviendra à lui voler son coeur ?

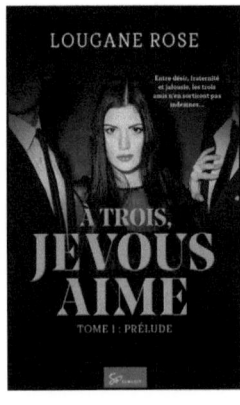

À trois, je vous aime
Tome 1 : Prélude

Léandre et Valentyn sont deux amis d'enfance, deux frères de cœur liés par un pacte qui les empêche de tomber amoureux de la même femme. Tant mieux, tomber amoureux ne fait pas partie de leurs projets. Lilie, petite tornade brune, vient s'installer pour travailler sur son nouveau roman, chez les deux hommes à Londres. Elle va bouleverser leur vie, leurs sentiments et leur amitié… entre désir, fraternité et jalousie, les trois amis n'en sortiront pas indemnes.

Foutu pacte.

Pour en savoir plus
www.soromance.com

© Éditions So Romance, 2021 pour la présente édition

Éditions So Romance
10/8, rue Jules Cockx
1160, Bruxelles
www.soromance.com

ISBN : 9782390452638
D/2021/14.771/23

Maquette de couverture : Philippe Dieu
Photo : ©George Rudy / Shutterstock